笠間ライブラリー
梅光学院大学公開講座論集
58

松本清張を読む

佐藤泰正【編】

笠間書院

松本清張を読む

目次

目次

松本清張を読む

解き明かせない悲劇の暗さ

――松本清張『北の詩人』論ノート――

北川　透

松本清張の『北の詩人』を、今という時点で読みますと、何か解決のつかないと言いますか、あるいは取り返しのつかないような焦燥感にかられます。それはここに作者の意図や推理小説という枠組みを超えた、歴史という不可解な闇が作り出した、何か途方もない謎が渦巻いているからです。ここでは『北の詩人』を読解するというより、この作品が引き連れている謎の渦巻きに、ちょっとでも手を差し入れてみたい、という感じでお話をします。

最初に〈北の詩人〉とは誰かということですが、それは日本植民地時代の朝鮮を代表するプロレタリア詩人、林和（本名・林仁植）のことです。彼は一九〇八年にソウルに生まれました。日本の年号を使えば明治四一年ですが、この前の年に実は高見順や中原中也が生まれていまして、この年に宮本顕治、翌年には松本清張、太宰治、大岡昇平、埴谷雄高が生まれています。従って今年（二〇〇八年）は林和の生誕百年ですが、そんなことを意識している人は、おそらく朝鮮にも日本にも一人としていないでしょう。そこにこの詩人の現在の位置がありますが、同じように生誕百年を迎える、この同世代の顔ぶれを見れば、おおよそ彼がいつの時代に生きた人かが分かります。また、松本清張が林和の悲劇的な運命に引き込まれたのも、彼が同じ世代、同じ時代を生きた詩人だった、という親近感があったのかも知れません。

林和は単に日本と関係が深いということにとどまらない詩人です。それは彼が一九二〇年代の後半、つまり昭和の初年代に東京に留学していることにも因ります。その頃、日本の文壇は、プロレタリア文学一辺倒に塗りつぶされようとしていた時代でした。林和もその強い影響を受けて、プロレタリア文学を学んで帰国したことは、彼のその後の生き方が明らかにしています。しかし、わたしが驚倒したのは、金允植(大村益夫訳)の『傷痕と克服』[1]の中の林和論で引用されている、林和自身の自伝的エッセイ「ある懺悔」の一部でした。先に中原中也よりも一つ年下だと指摘しましたが、中也と同じく、林和もダダイズムに詩的な出発点を求めていたのでした。孫引きになりますが、その一部を次に引きます。ここで、〈かれ〉というのは、林和自身のことです。

かれは無謀にも教科書を売って、当時流行していたハンティングを買ってそれをかぶり、本町(現在のソウル市忠武路)で『改造』という雑誌一冊とクロポトキンの著書を一冊買っては、意気揚々と家に帰って両親にその意味を説明した。のち、かれはクロポトキンの『青年に告ぐ』という小冊子を読んでいたく感動した。『改造』と『中央公論』の古本をさかんに買い集め、福田徳三という人の論文のなかで、リカードという名とともに、マルクスとエンゲルスという名を知った。辻潤の文章を愛読し、かれが翻訳したスティルナーの『唯一者とその所有』という本を買ったが、むずかしくて半分だけ読んで投げ出してしまった。次にはニイチェの『ツァラトゥストラ』という本を買って読み、『ファウスト』と似たようなものだと考えただけだった。その間、高橋新吉の詩集を買って、いつのまにか「ダダイズム」ということばをおぼえた。一氏義良の『未来派研究』、ほかにアレクセイ・ガンの『構成主義芸術論』、表現派作家〔ゲオルク・カイザーの戯曲〕の『カレーの市民』、さらにロマン・ローランを、とくに民衆劇場論と『愛と死の戯れ』を通じて知った。ほぼ一年前から勉強していた洋画で、かれはこうした新興芸術の様式を試みようとしていたとき、たまたま村山知義の『今日の芸術と明日の芸術』を一読して熱狂した。そのときからかれは古い感傷風の詩を捨て、ダダ風の詩作を試みた。

（「ある懺悔」）

この十九歳ごろの読書傾向を回想した文章を、林和は三二歳の時に書いたというから、これから後に触れる、いわば転向後の文章ということになります。ここに《ダダ風の詩作を試みた》とありますが、実際にどんなダダ詩が書かれたのか、たぶんどこにも保存されていないでしょうし、わたしたちは知る手立てがありません。同じようにダダ詩を書くことから、詩的出発を始めた中原中也の読書傾向と(2)、ここに挙げられている多くの本の書名が重なっており、この時代の日本の文学青年の先端的な知的関心と、林和が大差のないところで生きていたことに、わたしは興味を惹かれます。こうした読書を経て、一九三二年にまだ二四歳の林和は、朝鮮プロレタリア芸術同盟の書記長に就きます。当然、朝鮮のプロレタリア文学は日本の植民地支配と闘うわけですから、日本のそれ以上に過酷な弾圧を受けたと思われます。彼が書記長を務めていたプロレタリア芸術同盟は、一九三五年に解散せざるをえなくなっていますが、その時の投獄・転向体験が、清張の『北の詩人』でも繰り返し問題になります。

日本共産党の指導者、佐野学と鍋山貞親が、「共同被告に告ぐる書」を出して転向宣言をしたのは、一九三三年六月でしたし、中野重治がコップ（日本プロレタリア文化連盟）の大弾圧で検挙されたのが三二年、獄中で思想転向し、出所したのが三四年でした。中野がそれらの経験を踏まえて書いた、すぐれた転向小説「村の家」を発表したのは、林和のプロレタリア芸術同盟が解散した時期と同じ年の、一九三五年五月のことです。日本統治下の林和の転向の実態はよく分かりませんが、それは決して彼に起こった特殊な出来事ではありません。この時期に、むろん、日本はもとより、朝鮮の知識人やプロレタリア作家の多くも、同時的に思想転向しているのでした。ロシアマルクス主義やスターリニズムのファッシズムに匹敵する犯罪性を考えれば、その支配下にあった共産主義（＝共産党の）思想からの転向が、先験的に悪であるはずはありません。しかし、当時の歴史の渦中にあっては、事柄は単純ではないはずです。特に朝鮮において、それは日本の植民地支配への屈服を意味したからです。林和にとって、あるいは彼の詩や文学にとって、これが何であったのか、本当のところが資料的なことも含めて、いまに至るも、よく分かっていないのです。

ともかくその隠された転向体験を経て、林和は戦後になると、いち早く文化建設中央協議会を組織し、朝鮮の民族文学、あるいはプロレタリア文学の復興に主導的な役割を果たすべく活躍します。しかし、後に北朝鮮に渡り、朝鮮戦争に従軍したようですが、その後、朝鮮労働党（朝鮮共産党は戦後にこの呼び名に改称する）の最高幹部らとともにアメリカ軍諜報機関へのスパイ活動の容疑で逮捕・拘束され、処刑されてしまいます。これまでに一般に知られている、こんな林和の簡単な経歴をわたしなりにまとめてみるだけでも、疑問や不審がすでにいっぱい噴出してきまして、手を束ねるようなところがあります。

松本清張の『北の詩人』は、言うまでもなく、この林和を主人公にした小説です。それは戦後の一九四五年十月、ソウルから日本の軍隊が引き上げた直後に、林和が植民地時代に地下に潜っていた労働運動の闘士、安永達と街頭で再会するところから始まっています。最初の印象を言えば、清張が推理小説という形で戦後の林和の姿を追えども、追えども、その実態は摑まらない。捕捉できるのは、巨大な米ソの政治的な謀略（トリック）のなかで、操られている詩人の影ばかりで、彼が生きた痕跡や足跡すら定かではない、ということです。小説、フィクションとして書かれていますから、本来はもっと明瞭な性格の人物像が与えられていいはずです。しかし、それがそうならないのは、戦後の朝鮮半島の政治体制を巡る米ソの緊迫した攻防、それに規定されて混乱させられる朝鮮（韓国）内の政治的・社会的な動向や事件の事実性が、ほぼそのまま踏まえられているからです。従って、『北の詩人』は、フィクションとは言いながら、政治的なドキュメンタリーとしての性格を持たざるをえません。これがこの作品を一方では窮屈なものにし、他方では推理小説という形に収まらない謎を深くし、それらが相まって、林和という人物の輪郭を溶解させているのです。

そのドキュメンタリー、つまり、歴史的事実や政治的な抗争の記録に関する部分は、当然、物語の展開にも深く関わっています。それを作者は何に依拠して書いているのかが、問題になるでしょう。作者自身によって、そのことを知る手がかりは与えられています。小説の最後は、林和が死刑になった根拠を示す、〈朝鮮民主主義人民共和国最高裁判所軍事裁判部〉の判決文の抄録によって締め括られているからです。この判決文も小説の一部分ですが、そこに作者の主観が入っていないことは、巻末の著者自註が示しているでしょう。それに拠ると、この判決文は、現代朝鮮研究会訳編『暴かれた陰謀』からであり、同書の公判記録は、朝鮮人民共和国政府機関紙「民主朝鮮」一九五三年八月五日、八月七日、八日号から得ていることなどが分かります。つまり、林和に関する〈客観的な〉情報は、北朝鮮の軍事裁判における林和の陳述や判決文に基づいているわけです。この裁判は金日成による南朝鮮労働党系幹部たちの粛清・一掃という、権力闘争の一環として行われたことはいまでは明らかです。そこで犯罪とされている事実は、それ自体、朝鮮労働党内部でヘゲモニーを確立するための、金日成の政治党派的な捏造に過ぎない、少なくとも、その疑いがあります。清張にとっては客観的な資料ですが、資料自体は極めて政治的な陰謀の産物として、客観性を著しく欠いている恐れがあるわけです。

しかし、松本清張がこの小説を書いた一九六二、三年頃、そんな認識は、決して〈当然〉ではありませんでした。朝鮮戦争（一九五〇年六月〜五三年七月）はスターリンと毛沢東の後押しによって、北朝鮮軍の侵攻から始まったなどということは、当時の日本のマスコミは、まったく報道していません。朝鮮戦争によって焦土と化し、荒廃しきっていた韓国は、北朝鮮に対して経済的にも劣位に置かれ、政治も混乱を極めていました。一九六一年五月十六日には、朴正熙の軍事クーデターが起こります。それから以後、軍部独裁政権が続いたわけで、日本の左翼系知識人、マスコミはむしろ金日成の北朝鮮を理想化さえしていました。この時期に、清張が林和のような詩人を題材にして書くとき、政治的なぶれが起こることは、ある程度はやむをえないことだったでしょう。だいたい、この当時、朝鮮情勢について、日本の知識人の誰が正確な見通しを持っていたか。そんな状況で、林和の思想や動静の正確に近い情報を得ることなぞ、絶望に近かったはずです。

時代を経た今日からでは、どんなことでも言えます。たとえばあるジャーナリストは《いま林和らの処刑は、武力統一を狙った戦争（朝鮮戦争のこと＝北川）が失敗に終わった金日成氏（なぜ、金日成だけに敬称をつけるのか＝北川）が責任を朴憲永福首相兼外相ら南労党派に押し付けた粛清劇の一環と見るのが定説だ。主な登場人物が実名で書かれ、北朝鮮側の絵図に沿った『北の詩人』は北の主張を鵜呑みにした作品と言うしかない。(3)》と断定しています。わたしに言わせれば、清張が北朝鮮ともった接点程度は、この文を書いているジャーナリストが所属する朝日新聞〈でも〉、あるいは〈こそ〉あったのではないか、と思います。確かに清張は先に触れたように、軍事裁判の抄録を利用していますが、その出典は明らかにしています。それに読んでみれば分かるが、このジャーナリストの文章が依拠している〈定説〉などまったく存在しない時期に、清張は《北の主張を》使ってはいるけれども、《鵜呑み》にしているわけではないし、そんなことで、この困難な小説が書けるはずもありません。

わたしの『北の詩人』への率直な感想を言えば、日本にとっても、南北朝鮮にとっても、本来、忘れることのできない、しかし、そのいずれの文学史の上でも、基本的に抹消されていた林和という悲劇的な詩人を、一九六〇年代の初めと言う時期に、よく取り上げることができたな、というまず驚きがあります。なぜ、林和の生涯は悲劇なのか、それは言うまでもなく、一人の詩人の運命が、彼の意志、思想ではどうにもならない、巨大な歴史の狭間に弄ばれるしかなかったからです。少なくとも清張はその痛ましい悲劇性を直視する眼を持っています。社会主義革命と帝国主義戦争の時代、その下での凶暴化していく日本の植民地支配とそれへの抵抗が小説の〈前景〉として置かれています。日本政府のポツダム宣言受諾による敗戦、政治犯の釈放、建国準備委員会の発足、朝鮮共産党の再建、雷撃的なソ連軍の元山上陸、平城への進駐、ソ連より二週間以上も遅れを取った米軍の仁川上陸、朝鮮の解放と独立ではなく、米ソによる南北の占領、分割統治と軍政、冷戦による民族国家の分断……。

特に南では日本の統治機構・治安機関や親日派の人材をそのまま、アメリカの軍政が利用しますが、これは林和にとっても、市民にとっても、屈辱以外ではありません。また、カイロ宣言とポツダム宣言で朝鮮（韓）半島の独立が定められたにもかかわらず、連合国（米英ソ中）のヤルタ会談（一九四五年二月）↓モスクワでの三国（米英ソ）外相会議（一九四五年二月）は、信託統治を決めました。小説はそれに対して起こった、京城市民の激しい反対運動を描きます。初めは共産党員も《われわれの民族が独立できないほど無能だと思っているのか。それほど腑抜けで甲斐性なしと思っているのだろうか。信託統治だって？　ばかな。たった二年前、ルーズベルトとチャーチルと蔣介石とはカイロで、朝鮮は自由な国家として独立すべきだと宣言したではないか。》と激昂します。当然、その怒りの渦の中に林和もいます。ところが信託統治反対の京城市民三万人の示威行動が盛り上がっている最中に、モスクワ＝金日成のラインから信託統治賛成の指令が出されます。大きく混乱しながらも、共産党、左翼系団体は反対の運動の中に、急遽書き換えられた賛成のプラカードをもって参加します。米ソの敵対的な冷戦が、京城の市民運動の中に持ち込まれたことになります。

日本の植民地支配が終わった後も、なお自分の民族、国家の運命を、自分たちの手で決めることができません。米ソの政治力学によって引き裂かれるほかない、南朝鮮（韓国）の知識人の苦悩や混乱。小説の中ではそれが、林和の眼が映し出す光景や、彼自身、共産党の決定に疑問を持ちながらも、その政治的立場によって引きずられていく姿を通して生々しく描かれています。もう一つ、この小説で大きくクローズアップされているのは、朝鮮共産党偽造紙幣事件です。このアメリカの謀略の臭いのする事件も真相はよく分からないままですが、そこにはアメリカの軍政下、いよいよ緊迫度を加える、左右の勢力の抜き差しならない対立が浮き上がっています。こうした状況の中で、林和は逮捕され、釈放されると共に、北に逃亡します。先に小説の前景として、日本の植民地支配をあげましたが、後景としては、スターリンと毛沢東の両社会主義国家の共同戦線による、朝鮮半島の軍事統一の野望と戦争、その挫折と、労働党内部の党派間権力闘争の犠牲……などをあげることができるでしょう。この小説が映している、戦後の京城（ソウル）、ひいては南朝鮮の政治的スクリーンには、一人の詩人の運命など虫けらほどにも気にしない、どす黒い歴史の強力が渦巻いています。

先にも述べたように、小説の冒頭の場面で、林和は安永達に会いますが、そこで自分の転向体験を振り返ります。林和が北朝鮮で処刑される根拠の伏線として、小説は戦前における転向に、重要な意味を与えないわけにいかないのです。同時に、作者はその《暗い過去》に引きずられ、それを隠そうとして、正体不明の人間、安永達もそうですが、アメリカ軍ＣＩＣの情報将校、諜報機関の一員らしいキリスト教会の牧師アンダーウッドなどと連絡を取ったりします。そして、重要ではない文化団体の機密資料を与えて、結核の特効薬を貰ったりします。そこで、かつて林和を取り調べた特攻係り警部で、なぜかＣＩＣに出入りしている山田と会ったり、いかがわしい行動をする共産党の幹部で「解放日報」主筆の李承華、編集局長趙一鳴などとの関わりの中でストーリは展開してゆきます。その中で生に執着する林和の人間的な苦悩も描かれます。そして、作家清張が林和の転向の実態を描こうとすれば、真偽のほどは確かではない、北朝鮮の軍事法廷での彼の証言に頼るしかありません。それ以外に参照するものがないからですが、この林和の内面の形象に、ドキュメンタリとは異なるフィクションとしての性格が与えられています。従って、そこで小説的な仮構のなかに投げ込まれた林和を、実際の林和と見るべきではないでしょう。

小説の中の林和の回想によれば、一九三四年四月、五月の日本警察の弾圧で、プロ文学の団体（カップ）の指導者たちとともに、自分も検挙された、としています。(4) しかし、自分は病気（結核）の身であり、官憲の弾圧に死の恐怖を抱かざるをえない。それなら、文学者は作品を書いて生きてゆけばいい、これをその機会にしようと思った、として次のように転向の内実を説明しています。

一九三五年六月下旬ごろには、京畿道警察部主任であった日本人警部斎賀と京城市新設町にある寺院で会った。そのとき、彼は自分にカップを解散させる意志があるかどうかを訊ねたので、自分は前期のような思想的企図を持って、斎賀に自分が署名したカップ解散の宣言書を提出した。その後、プロ文学の階級的立場を離れ、純粋文学を主張した。即ち、一九三五年八月ごろより一九三七年九月初旬ごろまで、慶尚南道馬山市の自分の妻の宅にて病気を治療し、一九三七年九月中旬ごろ、京城に再び戻ってきて、同年十月ごろより、民族解放闘争で変節した者たちの集団である京城市の保護観察に荷担し、一方、金剛企業主である崔南周の資本の支出の下に、「学芸社」を経営してきた。（『北の詩人』〈1〉）

そして、林和はこの学芸社を代表して、朝鮮総督府の主催の各出版機関や文壇、重要作家たちの会合に参加、〈時局協力〉に呼応、また〈国民総力連盟〉の要請に応じて、〈内鮮一体〉の強化と〈国民精神〉の培養に努力するという決意を表明した。その後、一九四〇年六月ごろ、〈朝鮮反共協会〉機関紙「反共の友」に随筆を発表、読者に反ソ・反共思想の影響を注入。一九四二年十二月ごろ、〈高麗映画社〉文芸部の嘱託、朝鮮軍司令部報道部が製作した宣伝映画『キミとボク』の対話を直接校正。一九四三年一月より一九四四年十二月ごろまで〈朝鮮映画文化研究所〉の嘱託。ここで反動的な『朝鮮映画年鑑』および『朝鮮映画発達史』を編集し、朝鮮文学や映画の発達のためには、日本と合同するのが正当と強調した……。

ここには日本統治下における、林和を代表例とする朝鮮知識人、あるいはプロレタリア文学者の転向とは何かが映しだされています。しかし、この文字面を見るだけでは、曖昧模糊としています。組織や人を警察権力に売ったとか、そのことによる大量逮捕や虐殺を招いた、ということがないからでしょう。それには過酷な日本統治の下で、生き延びるための偽装とか、最低の協力とか、言い訳がいくらでも効きます。清張の推理小説でも偽装転向のことは触れられていますが、そこに思想的な想像力はあまり働いていません。もっぱら病気持ちの自分が《死ぬと分かっていて、あの地獄のような日帝の監獄に行けるものか》と、林和が転向を合理化している心理しか描くことができていません。そこにはこの題材を、推理小説という枠組みで描くことができるか、という根本的な疑問が露出している、と言えないこともありません。

ついでに、もう一つ、この小説の駄目なところを言えば、実際にもそうですが、小説の中でも強調されている、戦前・戦後の朝鮮を代表する詩人林和の詩や文学の実質、実態がほとんど描かれていない、描くことができないところです。詩は扉に九行ほどの「暗黒の精神」が引用されている他は、林和転向時に取り調べに当たった警部斎賀を感心させたということになっている、彼の代表作

「玄界灘」から、十五行が引用されているだけです。もっとも朝鮮文学同盟が結成された、一九四六年二月八日の全国文学者大会における報告（演説）が長々と紹介されてはいます。ここでは民族文学と階級文学とが分裂している、朝鮮文学の課題や方向性が述べられているが、政治政策的な文学論であっても、個人の文学観とは言えないものです。しかし、そういうものがないわけではありません。それは林和が全国文学者大会を前にして考えていた報告草案の文面です。

一、朝鮮語をまもること。二、芸術性をまもること。三、合理精神を主軸とすること。／朝鮮語の守護は、わが国の作家が朝鮮語をもって自己の思想感情を表現する自由が危険に瀕していたことが当時の趨勢であっただけでなく、母語をまもることをつうじて民族文学維持の唯一の方便としていたためである。／芸術性の擁護をつうじてすべての種類の政治性を拒否する姿勢をとったのは、一見、民族主義を内容とした従来の民族文学やマルクシズムを内容とした従来のプロ文学の本質と矛盾するようなものであるが、この時期の特徴は文学の非政治性の主張が一つの政治的意味をもっていたことである。いいかえると日本帝国主義の宣伝文学となるのを拒否する消極的手段であった。——（2）

言うまでもなく、《政治性の拒否》は単なる《消極的手段》ではなく文学の本質に根ざすものですから、そこまで言い切れないところに、林和の転向体験が文学にとって、必ずしもプラスにならなかったことを推測させます。もっとも、これは清張がこの文面を、林和の実際の文章から引いてきていることを、前提にして言えることですから、その前提がなければ、単なるないものねだりに過ぎません。ここに瞥見されるだけで、そもそも林和の詩や文学が何であったのか、ということは『北の詩人』からはよく見えてきません。

しかし、生誕百年経って、林和がわたしたちにとって何かであるとすれば、それは一にも、二にも、彼が困難を極めたある時期の朝鮮を代表する詩人だったからでしょう。それを知るには、『北の詩人』という小説から幾らか〈離れてみる〉他ありません。林和はどんな詩人なのか。それをよく語っているよう思われるのは、たとえば「雨傘さす横浜の埠頭」(「朝鮮の光」八七号(一九二九年九月))[5]という詩です。これは中野重治の「雨の降る品川駅」(「改造」一九二九年二月号)に対して、林和がそれに応えて書いた詩と言われるものです。まず、中野の「雨の降る品川駅」は、プロレタリア詩の中でも屈指の秀作と評価されている抒情詩です。ただ、そこには朝鮮の解放運動を日本のそれの下位(道具的位置)に置く、抜きがたい民族差別の表現があります。わたしはそれについては、かつて詳述したことがある[6]ので、ここでは触れません。林和の詩も部分的にしか引用できませんが、それは次のようなものです。

港の娘よ!　異国の娘よ!
ドックを走りくるな。ドックは雨にぬれ
わが胸は別れゆく悲しみと　追われゆく怒りに火と燃える
おお愛する港　横浜の娘よ!

ドックを走りくるな。らんかんは雨に濡れている
それでも天気がよい日だったら……
いやいや、それはせんないこと、おまえにはかわいそうなことば
おまえの国は雨が降り　このドックが流されようと
あわれなおまえが泣きに泣き　細いのどがつまろうと
異域の反逆青年たるおれを留めおきはしないだろう
あわれな港の娘よ　泣くな

追放の標しを背にし　どでかいこの埠頭を出ていくこのおれも知らなくはない
おまえがいますぐに帰れば
勇敢な男たちの笑いと　底知れぬ情熱のなかで　その日々を送ってきた小さな家が
いまは土足で踏み荒らされた跡のほか　何物もおまえを迎えるものとてないことを
おれは誰よりもよく知っている

しかし港の娘よ!　おまえも知らなくはないだろう
いまは「鳥かご」の中に寝るその人たちがみなおまえの国の愛の中に生きてきたのでもなく
いとしいおまえの心の中に生きてきたのでもなかった

だが
おれはおまえのために　おまえはおれのために
そしてあの人たちはおまえのため　おまえはあの人たちのために
なぜに命を誓ったのか
なぜに雪降る夜を幾晩も街角で明かしたのか

（「雨傘さす横浜の埠頭」の冒頭から三分の一弱ほどの部分）

翻訳は朝鮮文学の研究者（早稲田大学法学部教授）の大村益夫です。わたしにはよく分かりませんが、原文の感じはよく出ているのではないでしょうか。いくらか感傷性が強いですが、いわゆるプロレタリア詩の観念的な政治性や絶叫調からは解放されて、中野重治のことばに近い、よくこなれた平易な抒情詩になっています。林和がこの時、二一歳であることを考えれば、十分に彼の優れた資質や実力のほどを感じさせます。中野の「雨の降る品川駅」の初出は《御大典記念に李北満・金浩永をおくる》というサブタイトルが入っていますが、昭和天皇の即位式を示すこの《御大典》の三字が伏字になっていました。しかし、中野は今見られるような詩形に改作した際に、このサブタイトル自体を削除し、また、初出の伏字の多くの部分を復元しませんでした。つまり、いまの詩集形では、この詩が書かれた時のモティーフの重要な部分が見えなくさせられているのです。「雨の降る品川駅」で中野が《さようなら》を繰り返して、朝鮮の同志を見送っているのは、単なる別れではありません。御大典の前（一九二八年十一月十日）に多くの朝鮮人が危険視されて、逮捕、強制送還されたからです。それを美しい〈別れの抒情〉にしてしまうことと、民族差別の意識は同根のような気がします。

林和は、むろん、中野の初出形を踏まえて書いているわけですから、その強制送還される同胞の立場に、この詩の語り手を置いています。中野の詩を受けて、品川駅を横浜港に転移させているところも見事なら、港の埠頭で《追放の標を背ににし》《追われゆく怒りに火と燃え》ていることも鮮明にしています。そして、追われていく朝鮮の《反逆青年》に、彼らを見送る横浜の娘を配しています。この泣いて別れを惜しんでいるあわれな日本の娘は、《勇敢な男たち》と横浜の隠れ家（「鳥かご」）で、生活を共にしていたことが語られます。そこは少しことばの甘いところですが、この男たちは日本の国の《愛の中に生きてきたのでもなく／いとしいおまえの心の中に生きてきたのでもなかった》のに、それでも《命を誓っ》て闘ってきた、と語っています。ここからは、引用の後の部分になりますが、なぜ、《異国の娘》と《植民地の男》が、そんな関係になったのか。理由は一つ。《同じ働く兄弟であったからだ》と語られます。そして、横浜の娘に向って、早く帰れと促します。

さて、この長い詩の全部を紹介する余裕はありません。ただ、後の部分で、わたしが注目しておきたいのは、この横浜の娘が帰って行く、その《工場には　母が姉が悲しくて泣く北陸の幼年工がいるではないか／おまえはかれらの着物を洗わねばならず／かれらはおまえの胸に抱きしめてやらねばならぬではないか》と語られているところです。これは林和のセンチメンタリズム、あるいはロマンチシズムが、階級感情、あるいはイデオロギー的な理念よりも、家族とか兄弟、恋人同士というような関係に根ざしていることを暗示しています。[7] 松本清張は林和の転向の理由を、病気（結核）による死の恐れに求めていますが、それが理由の一つとしても、説得力を欠くのは、家族などの民族や生活に根ざした感情をほとんど視野に入れていないところにあるように思います。つまり、『北の詩人』は詩人林和の人物像を描きながら、その存在理由を成す〈詩人〉を見失っているのでした。この小説の角川文庫版「解説」で、先の大村さんは、詩集として『玄界灘』（一九三八）、『讃歌』（一九四七）、『おまえはどこにいるのか』（一九五一）、評論集として『文学の論理』（一九四〇）などを挙げ、《単行本に収録されていない著作は、収録されているものより遥かに多い。林和はそれほど多作であり、一九三〇年代以降の左翼文化運動の中心的人物であった》と書いているが、わたし（たち）には、それらを現在、読むすべはありません。そして、清張もこの面を無視しているわけではないけれど、その人物形象に当たって、ほとんど関心を払っていません。

こうして小説は政治にもてあそばれる林和の姿だけを、それなりに緊迫した筆致で描いていきます。先にも述べましたが、最初に名前を出した、安永達をはじめ、林和の前に出現する人物は、朝鮮労働党の幹部を含め、みな正体不明でどこかいかがわしい人物ばかりです。ここでは、彼らと林和との関係を縫って展開されるストーリーに、あまり配慮しないで、『北の詩人』が孕んでいる深く暗い謎をめぐって、少しばかり考察を加えてみました。

注

（1）『傷痕と克服』（朝日新聞社）所収「林和研究——批評家論」より。

（2）『新編中原中也全集（日記・書簡）』第五巻（角川書店）

（3）「松本清張と北朝鮮　消えた『金日成伝』」（編集部・小北清人の筆名、「AERA」二〇〇九・二・九日号）

（4）わたしは公判資料に拠った小説の中の叙述に基づいて、一九三四年のカップ幹部の日本警察による検挙に際して、林和も検挙されたと言う文脈で、彼の転向の問題を扱っている。しかし、これについては、渡辺直紀「『北の詩人』の読まれ方」（「現代思想」二〇〇五年三月）では、いくつかの有力な資料に基づいて、この時、林和は検挙されなかった、という説を紹介している。しかし、渡辺もこれについて《検挙されながら連行中に肺病に倒れ、そのまま病院に運び込まれた後、病院を転々と変えながら逃亡したという説もある。いずれにせよこの時、林和は獄中生活を経験することもなく事件の裁判も受けていない》という補説も出している。事実性のレベルでは、まだ、確定的なことは言えないのではないか。

（5）この長詩の全篇は、前出の『傷痕と克服』「林和研究」に収められている。

（6）拙著『中野重治〈近代日本詩人選⑮〉』（筑摩書房）

（7）先の（1）、（2）の註でも参照している金允植の「林和研究」では、いくつかの林和の詩が紹介されているが、その中の「四ツ辻の順伊《スニ》」（一九二九年一月）、「兄さん《ウリ・オッパ》と火鉢」（同年二月）、

「オモニ（母）」（同年四月）などについて、《感情的アピールの叙事的要因を誘発する側面が顕著にsister-complex的だといえる。》とその特徴を指摘している。この人はコンプレックスをキー・ワードにして解読しているようだが、わたしは朝鮮の詩人に固有の、家族についての親愛の感情に抒情の発生源を見たい、と思う。「雨傘さす横浜の埠頭」も、これらの詩の数ヵ月後に発表されているので、抒情の性質もその延長線で理解できる。中野の抒情とも、その点で呼応している。

『天保図録』
――漆黒の人間図鑑――

倉本 昭

松本清張の歴史・時代小説の中でも、『天保図録』の人気は、現在芳しくないようにも見える。朝日文芸文庫にあった『天保図録』全三巻は、本論考にとりかかった頃、一般書店に見当たらず、オンライン書店でも『松本清張全集』版『天保図録』しか発見できない状態であった。「文芸春秋」平成四年十月臨時増刊号『松本清張の世界』に「アンケート大特集「私の好きな清張作品―この一作」」なる特集記事があるが、ここにも題が出てこない。

そんな中にあって、「松本清張研究」第七号（平成十八年　北九州市立松本清張記念館）では、『天保図録』再評価の機運を示す論考、記事が幾つか発見できる。たとえば「対談　短編の緊密さ、長編の構想力」と題した寺田博と中島誠との対談記事において、寺田は『西海道談綺』『かげろう絵図』と並んで『天保図録』を長編時代小説の「三大長編」に挙げている。中島は『逃亡』と『天保図録』を「長編の時代小説、歴史小説で代表的なもの」として、

『天保図録』は連載に三年間かかったというもので、かなり長くて、今回読み直すにあたっては、実は途中でやめようかと思ったんだけど（笑）、しかし読んでやっぱりすごい人なのだなぁと関心しました。

と発言しているが、採録された対談中では少なくとも『天保図録』の内容や意義を詳細に論じる部分がない。三大長編とする寺田でも、

私はやっぱり『西海道談綺』ですね。あれは歴史というものをあまり踏まえていないエンタテインメントですね。架空のヒーローがきっちりと設定されて、妻を上司にとられたり、隠し鉱山を探索する役目についたり、山伏が出てきたり、伝奇的要素がたっぷり入っています。そこがいいな、と。僕は、清張さんにはもっと作り話を書いて欲しかったのですが、どの作品も比較的歴史を踏まえてますよね。『天保図録』には、時代小説によく書かれる題材がたくさんあります。

という発言からうかがえる通り、作品の傑作たることに疑いを入れないものの、本格的に論じるにあたっては、何かとまどいのようなものを感じている風にとれる。

しかしながら、この「松本清張研究」第七号には、野口武彦による「『天保図録』ノート」が掲載され、『天保図録』取材ノートともいうべき清張のエッセイを集めた「再録・「天保図録」編外閑筆遊歩」もあって、松本清張記念館の図録「『天保図録』挿画展　風間完が描く江戸のひとびと」（平成十八年）とあわせ、『天保図録』再評価の波が訪れていることに気づく。

では、なぜ、出版界における『天保図録』の人気は下火になったのか。先に紹介した対談での寺田の意見から推すに、人気の高い時代小説に比して「伝奇的要素」が希薄であったことが、まず考えられる。当然伝奇的要素が皆無であったわけではないが、朝日新聞社から昭和四十年に出版された本作品の単行本・下巻に付された「あとがき」に、「大体、史実に沿って書いてきたが、一ヵ所だけ、わざと違えて書いたところがある」「江戸時代の事件はほとんど小説に書尽されている。ただ、天保改革はあまり人がふれていない……古くは福地桜痴に「水野越前守」があるが、多少ともそれに近いかもしれない。しかし、僅か三百頁くらいのもので、本格的に迫ったものではない」とあるように、清張が心がけたのは、フィクションよりも史実の要素が勝った一大作品であった。

だからといって、彼は、この作品でどれほど緻密な考証態度を示したのであろうか。さらに、このことと関連して、『天保図録』を「伝奇的要素」以外の視点から論じた場合、どのような意義が明らかになるのか。本稿は以上二つの問題点から作品を論じていく。

一

清張が『天保図録』執筆に際し、実際どれだけの史資料を集め、駆使したかについては、前記野口論文において、考証されている。作品の連載が「週刊朝日」誌上で開始された昭和三七年四月の時点で、東京大学史料編纂所にて仮整理作業が進行していた「水野家文書」（現首都大学東京情報センター所蔵）について、野口は清張が「簡単に手に取れる史料ではなかった」とした上で、文書整理の責任者であった松好貞夫の著書が、清張の参考文献であったことを明らかにしている。

松好貞夫は「本書に引用したところなど、全く九牛の一毛にもひとしい」とことわっているが、『金貨と大名』は『水野家文書』の重点箇所をたくみに生かして幕府政治を活写した好著であり、『天保図録』の材料は大部分が本書経由と見て差し支えない。鳥居耀蔵・本庄茂平次の原像もここから得られているのである。

しかし、すぐれた研究書は必ずしもただちに歴史小説のアンチョコにはなってくれない。大局観とはまた別に、江戸幕閣の典拠故実・儀礼慣習の方面をチェックしてくれる適切な協力者がいなかったようである。『昭和史発掘』の時のような有能な助手に恵まれなかったのではないか。

野口の指摘はまず首肯できるものである。屋上屋を架すに過ぎないが、野口論文で言及されていない参考文献に福地源一郎の『水野閣老』がある（先に引いた『天保図録』「あとがき」で『水野越前守』とあったのは誤りで、角田音吉の著と混同したもの）。この書利用の跡は水野美濃守失脚の経緯が描かれる劈頭の章「暑い春」に早速発見できる。両者を比較してみると関連は明らかだから、まずは『天保図録』本文を昭和四十年朝日新聞社刊『天保図録（上巻）』によって示そう（以下『天保図録』テキストは昭和四十年朝日新聞社版の上中下巻による）。


側用人詰所に戻ると、先ほどまで居た同僚の松平中務少輔と五島伊賀守の姿が見えない。その代り奥坊主ども四、五人がかしこまって坐っている。

変だな、と思って美濃が自分の席に坐りかけると、真ん前にいた坊主が手を仕えて言った。

「美濃守さまに申上げます。御老中水野越前守さまが御用向きのことがございます故、御老中部屋にお越しを願いたいとのことでございます」

「そうか」

美濃守は気軽に起った。政務の連絡のことでも頼むのかと思った。


以上の部分を『水野閣老』で見ると（但しテキストに適宜句読点を付した）、

此日（四月十六日）例刻より登城して、御坐の間へ出で、御用伺ひて、いざや詰所へ引取らんとて罷りたりしに、御用部屋坊主四五人待受て「越前守殿御用の趣に候へば直に御越あるべし」とて案内す。美濃守は『何事やらん、又例の越前守が改革沙汰にて内談にても有べきか、あな仰々しき案内かな』と呟々つゝ我身の上とは露知らず御用部屋に至り……

とある。清張は美濃守登城から御坐の間退出までの経緯を、江戸城本丸の地図を把握しながら、福地より丹念に描き、いよいよ美濃に対するクーデターの場面では、福地の書に拠るところ大である。

「越前どの」

美濃守はたまりかねて言った。

「お呼びだそうですが、御用件は何ですか？」

美濃は不機嫌を言葉に露骨に表わした。

越前が書類を閉じた。おや、と訝ったのは、越前が坐り直して懐から折りたたんだ紙を出し、美濃の正面を向いたことだった。いつもの穏かな顔でなく、眼が坐り、普段の白い顔に血の気が上っている。

「上意」

はっとした。呆然としていると、

「水野美濃守、上意！」

空気が裂けそうな声だった。あとは何が起ったか彼の意識にない。美濃守はふらふらと起ち上がった。耳には、

「其方儀菊の間縁頰詰仰せ付けらる、奥へ立戻る事は相成らず、直に表へ出よ」

という越前守の声が残っていた。

廊下に出たのも自分の力ではなかった。左右から目付が腕を取って引立てている。美濃守が肝を奪われて上意の受答えができないうち、目付が畳から彼を引起したのである。

『天保図録』

（先の引用部の続き）『何事に候ふぞ』といと横柄に尋ねたれば、越前守は威儀を正して『其方儀菊の間縁頰詰仰付らるゝ。奥へ立戻る事は相成らず。直に表へ出らるべし』と達したり。美濃守は、余の不意に呆れ果て、碌々返答の御話も出ざるに、御目付は傍より引立たれば、引立られて中の口にて放されたり。

『水野閣老』

ここまでに引いた『水野閣老』の文は、徳富猪一郎によってリライトされた形で『近世日本国民史　天保改革篇』に載っている。清張は、これによって福地の書を知ったのであろう。明治二八年

に刊行された福地の書よりも、版を重ね、古書店のワゴンセールで現在も見かける徳富の書が、まずは入手しやすかったろうから。ちなみに野口論文では、清張が徳富の書に引用された忠邦の日記の一節を徳富書の誤りのまま引いた可能性を指摘している。『近世日本国民史』は『天保図録』執筆に大いに活用されたはずである（明治四十一年、左久良書房刊・塚原渋柿作『水野越前守』は史実と虚構を織り交ぜた、『天保図録』に通じる時代小説であるが、清張が眼を通していたかは不明）。

二

もう一つ清張の資料利用の例を挙げておこう。忠邦による美濃守一派へのクーデターに続き、水野―鳥居耀蔵ラインによる、美濃守への更なる追及が描かれる。そこでは、間諜を使った鳥居の黒い謀略が語られ、サスペンス的要素のある、まさに「伝奇」的なストーリーが展開する。内容は以下の如くである。

高島秋帆家に出入していた本庄茂平次なる男は、素行不良で追放され、江戸へ流れてきて、鳥居に対し高島への讒言を行う。それがきっかけとなり、本庄は鳥居の手下のようになって働く。折しも、蟄居していた水野美濃守に更なる追及の手を伸ばし、後顧の憂いを完全に断とうとする忠邦の意を汲んで、鳥居が美濃守の身辺を洗う。

美濃守は当時流行っていた浜川・教光院の厄神講に入れ込んでいた。教光院主の了善なる者は羽黒山の修験の出といい、二千人以上の講を抱えて繁盛を誇っていた。

偶然ながら、本庄と同棲している彼の従妹お袖は、かつて美濃守の屋敷に奉公していて、しかも、教光院へ代参したこともあった。本庄はお袖を伴い、自ら美濃守の家来・金八と名乗って了善に会い、忠邦呪詛を依頼するも、拒絶される。それならと、美濃守の身体安全祈禱を願い、その請書を了善から取って、お袖に鳥居の元まで届けさせる。自分は、そのまま了善をたらしこんで、弟子となり、教光院に入りこんで、諜報活動を始める。

幸い美濃守の娘から了善への書状を入手した本庄は、水行の指南をしてほしいと了善を高尾山の枇杷の滝へ誘い出す。そこを、あらかじめ本庄の情報を得ていた鳥居配下が取り囲み、二人を共々捕縛する。かくして鳥居は、美濃守の依頼で忠邦呪詛を試みた罪をでっちあげて、了善に押し付け、彼を遠島に処した。本庄が鳥居にあてて秘密裏に送ったものも、呪詛の証拠として悪用されたことはいうまでもない。鳥居らの思惑通り、美濃は信州諏訪に流される。

以上の事が、まるでよく出来た作り話のようでありながら、事実であるとわかるのは、鳥居の走狗となった火之番・浜中三右衛門が、鳥居の悪行を暴露し自己弁護を図った嘆願書が残っていて、そこに教光院一件での本庄の暗躍ぶりが語られているからである。『天保図録』執筆当時、この嘆願書を検するには、たとえば東京公文書館所蔵の『藤岡屋日記』第拾七に当たればよかった。しかし清張は、わざわざ、そのような手続きを経ずともよかった。彼が「あとがき」で引く松好貞夫『金貨と大名』に、嘆願書が現代語に直されて紹介されているからである。ところが問題は、浜中の嘆願書を読んだだけでは、先の梗概通りの内容は書けないことである。嘆願書には、本庄が「金八」と名乗ったことや、了善が厄神講を興した詳しい経緯、水野美濃守の娘の書状を入手する件に触れていない。それらについては清張の創作かといえば、勿論誤りである。

現在筑波大学付属図書館が管理する「久須美記録」に「鳥井甲斐一件日記」なる文書がある。「高島四郎太夫一件、鳥居甲斐品々姦曲之取計」について記された弘化二年一月二二日から二九日までの記録である。二二日とは、高島秋帆の吟味仕直しを評定所の五手掛で始めることになった日付である。時の勘定奉行・久須美佐渡守は三奉行と大目付・目付で構成される五手掛の一角を成していて、彼の日記が、この「一件日記」である。高島一件の吟味仕直しは、教光院一件を改めて吟味することにシフトする。その取調べの経緯が久須美の日記に書いてある。清張は、たとえばこのような史料にも当たって、本庄の悪事の全貌を把握していったのだろうか。否、それに及ばずとも、実は彼には、身近に便利な参考文献があった。

教光院一件については三田村鳶魚の著作があれば充分な情報が得られた。『捕物の話』(江戸叢書第四冊目。昭和九年早大出版部刊)もしくは『江戸の生活　天保時代のスパイ政治』(昭和十六年大東出版社刊)に載る「廻り方」なるエッセイである。鳶魚は、「甲府小普請石河疇之丞其外のもの共不届之取計いたし候一件」なる史料を手に、全く先の梗概通りの悪事の全容を明らかにする。

清張は鳶魚の著作類に触れていたから、「廻り方」にも眼を通していたはずである。「水野家文書」の場合と考えあわせて、清張は古記録に直接拠らず、この場合は、鳶魚のエッセイを利用したとするほうが妥当である。ただ彼は鳶魚の著作を利用しながら、鳶魚に対してアンビヴァレントな思いを抱いていたようである。「オール讀物」昭和四一年六月号に掲載した「私のくずかご」において、鳶魚の『時代小説評判記』から、名作時代小説の考証ミス批判を延々と抄出した末、鳶魚の狷介ぶり、孤独な死について筆を進める。エッセイの末尾は「鳶魚の晩年は、一人の好事家の死として、心に残るものがある」と感慨深く結ぶものの、文意全体からは鳶魚の偏屈さに対する清張の違和感が感じとれる。前節で引いた野口論文では、鳶魚が生きておれば、『天保図録』も非難の矛先を避けられず、「好餌」にされていたろうとするが、たとえば水野美濃守忠篤を御側御用取次とせず、「側用人」としている清張のことだから、全くその通りであったに違いない。錚々たる文士への鳶魚の批判を抜書きした清張自身、そうしたことを自覚していたろう。清張の鳶魚に寄せる気持ちの裏には、自らの考証ミスに対する忸怩たる思いが見え隠れもする。

このような調子であるから、『天保図録』執筆に際し、膨大な史資料の厳密な考証が踏まえられたと考えるのは難しいし、群小作家なら見逃すような史料を活用した作とも言いがたい。この作品の最終回が執筆された年に、あの『昭和史発掘』連載が始まっているから、両方を比べたとき、その徹底取材・新史料発掘への情熱の差があまり大きいのに驚く。

三

清張は『天保図録』について、歴史的な事実・史料に則る要素の大きい「歴史小説」と、ある時代を背景に作者の空想を発揮させた「時代小説」との「中間」であると語った(「社会派推理小説への道程」「国文学　解釈と鑑賞」昭和五三年六月号)。とすれば、この作品を時代考証の不徹底ゆえに一蹴しさることには慎重にならねばならない。しかし、中間とは、そもそも、いかなるものを目指したのか。彼の歴史・時代小説への言及を総合して、それを探るのが有効ではないか。『随筆　黒い手帖』「推理小説の周辺」中に「歴史小説」なる小文が収まる。そこから重要と思われる箇所を抄出してみる(講談社文庫版による)。

史実があるだけでは駄目である。その作品の人物と背景とが、その史実に密着しなければならない……人間を描くことによって、その史実なり歴史が追及され、批判されなければならない。

史実の下層に埋没している人間を発掘することが、歴史小説家の仕事であろう。史実は結局は当時の人間心理の交渉が遺した形にすぎない。だから逆に言うと、歴史小説は、史実という形の上層から下層に掘られなければならないことになると思う。

当時の制度、経済や道徳、倫理が人間の観念を決定していた。だから、歴史小説では当時の制度や道徳の中で苦悩している人間性を書くことが、今日の制度や道徳で苦悩している現代の人間性を書くことと、作品上では同じにならなければならない。

清張においては、厳格に史実（または史料と言い換えてもよい）に従うばかりで、その中―清張に従えば史実の「下層」―に埋没する人間への洞察に不足するものは、理想とはされていなかった。ただ、その人間洞察は、背景となる時代の風俗・社会制度・思潮などを充分考慮に入れた上で行われなければならない。それが実現されたら、作中人物を通して、作者が踏まえたところの時代性が見えてくる。かかることを「人物と背景」との「史実」への密着と言うのである。さらに重要なことは、かような方法論で描出された登場人物に、現代に通じる人間性が見出される必要があるという点である。

現代性といっても小難しいものではない。「歴史小説」では「威勢よく戦場を馳駆するハデな旗指物も、そう見ると、現代のサラリーマンが上役の目につくように働くのと変ったところはない」という例が挙げられている。本節冒頭に引いた「解釈と鑑賞」誌上の対談記事においても、鉄砲の名人が細川家―豊臣家―徳川家と主を換えながらも特殊技術を武器に時代を乗り切る様を描いた「特技」について、核兵器開発の技術者が、そのもてる技術力によって、イデオロギーとは別に、東西両陣営から重宝されることに重ねて執筆したと吐露している。

以上のような歴史小説観をもつ清張に多大な影響を与えたのは菊池寛であった。清張には菊池について言及する機会が幾つかあった。中でも注目に値するのは「菊池寛の文学」という講演録である（「オール讀物」昭和六三年二月号に講演速記に作者が手を入れた上で掲載）。そこに、

しかし歴史というのは要するに人間群の行動結果であります。人間の動きが色々な事件を巻き起こして、それが記録され、伝えられ、時代を経る。当時の記録は結局表面に現れた事件を採集しているにすぎない。その記録の、もっと奥に潜在するもの、それをえぐり出して近代的な照射を与える。これが菊池寛の歴史小説であろうかと思います。

（中略）

菊池寛の歴史小説は決して歴史の裏返しではありません。そこには人間に対する深い洞察が、現代との観照になっている。つまり、過去の人間も、現代に生きる人間も、根本的な共通性に変わりない。ただ、変わるところは社会制度であり、道徳であり階級制度です。

とある。ここで語られている内容は先の「歴史小説」と殆ど重なる。先の小文で主張されていた「史実という形の上層から下層に掘」るということ、そうして描かれる人物に、現代に通じる要素をもたらすべきだということは、この講演記録からの引用と考えあわせれば、理解しやすくなる。

しかも、注意したいのは、そういった小説の理想に菊池の歴史小説をもってくる点である。
彼の菊池論にどれだけの評価を与えられるかは疑問である。なぜなら鳶魚について書いた「私のくずかご」では、菊池の歴史小説について「歴史観を片端から裏返したようなもの」と先の引用部に矛盾しかねないことを書くし、森本哲郎への談話で、「あくまで菊池寛の戦国時代であり、芥川の平安時代であるわけで、それはそれで文学だから。だけど、ぼくはそういう意味の文学を書くつもりはない。どこまでも実証主義で」という発言があって、我々をとまどわせるからだ（半藤一利『清張さんと司馬さん』文春文庫版一四六頁）。両方共『天保図録』執筆や講演より後年の発言だから意に介さないことも可能だが、菊池の小説が清張の目指すものとは異なるという意見は『図録』より前に書かれた「歴史小説」でも開陳される。しかし、「歴史小説」をよく読んでみると、清張の理想がどのあたりにあって、菊池のいきかたとずれてくるかが、はっきりしてくる。

これ（倉本注：菊池や芥川の歴史物は）は史実の近代的な解釈である。が、それは史実という上層から発掘して帰納した解釈ではなく、一ぺんに近代人の心理で照射して解釈したものである。初めから公式らしいものがあった。そのころの人間が悉く近代人心理をもっていたのではおかしなことになる。当時の制度、経済や道徳、倫理が人間の観念を決定していた。

つまり、清張は歴史小説の人物に現代性をもたらす際、一ぺんに現代人の心理で照射して史実なり史料を解釈すること、現代的視点から解釈することに慎重な態度をとったのである。菊池の小説作法に大いに目を開かれながらも、史実や史料をどう扱うかに清張なりの考えをもち、菊池のエピゴーネンになることも避けたのである。

しかし、彼の描く人間像とは、あくまでも現代人である清張が、作家個人の解釈として、史料から読み得た結果、描かれたものにすぎない。そこで、どれだけ、現代的視点をおしつけることを抑制できるかが、彼の課題であったのだろう。とはいえ、史上の人物の「心理は何百年後かのわれわれから想像するのだから容易なことではない。それに、気をつけても既成概念がどうしても邪魔してしまう。歴史小説はそれを突き抜けた奥に入らねばならぬ」(「歴史小説」)とも清張は言う。この意見は、膨大な史料の山に埋もれ、厳密な史料批判と緻密な解読、正確かつ恣意的ならざる解釈を経て小説を書くことに、絶対の価値観をおく事と完全にはつながらない。時に大胆な解釈をも容認するだろう。それが進んで、「突き抜けた奥」の更に先にいけば、想像上の人物を登場させ、空想の入り込む余地も排除せず、フィクションを通して、背景となる史実を鮮やかに照らし出し、作者の歴史観、歴史解釈を盛り込む場合もありえる。こうして「歴史小説」と「時代小説」の「中間」が生まれていったのではなかったか。『天保図録』は、まさにその典型であった。

四

清張が『天保図録』で最も鮮やかに描きたかった人物は何者で、どのように描いたか。水野忠邦か、小悪党・本庄茂平次か、鳥居配下の悪事に挑む風流旗本・飯田主水丞か、はたまた、妖怪・鳥居耀蔵か。

仮に鳥居を取り上げるならば、水野忠邦がはっきり出世欲・権力欲で動くのに対し、いかにも複雑怪奇な心情に衝き動かされている。

耀蔵は、水野美濃守には直接に含むところはない。一方は側用人だったし、目付の耀蔵とは、地位も身分も違うし、役目の上でも没交渉であった。

（中略）

しかし、直接な恩怨関係がないからといって、耀蔵の場合には当てはまらない。耀蔵が美濃守に抱いていた反感は、もっと彼自身の皮膚からくるものであった。

第一に、耀蔵は美濃守の権勢時代が憎い。耀蔵は権力に憧憬をもっているが、それだけに他人の権力が憎い。殊に、その座から滑り落ちた者に対してはその憎悪が加重する。これまで対手から散々いやな目に遇わされているからだ。

耀蔵が、美濃守を嫌うのは何よりも、その色の白い、女にもしていいような顔である。美濃は家斉の愛妾の甥で、叔母そのままの容貌をもっている。女色も男色も達者な家斉に可愛がられて、旗本の極官ともいうべき側用人まで昇ったが、その才智はともかく、あのつんと澄ました隆い鼻と、澄んだきれいな眼と、熟れているような赤い唇とは、遠くから見ただけでも耀蔵は反撥を覚えたものだ。

曾っての美濃守のこういう権力が耀蔵には憎い。彼から直接に何をされたというわけではないが、例によって耀蔵だけが一方的に感じる侮辱は際限なくある。

（中略）

鳥居は単なる出世欲の塊や権力欲のとりこなのではない。まさにルサンチマンが彼の残忍さ、執念深さの底にある。ルサンチマンは彼の感受性にすら影響を与えている。だから彼の怨恨は皮膚感覚に近いものであって、そのような仕組みは、手下の本庄茂平次にすら理解できず、震撼を覚えさせられるに足るものであった。そこに鳥居の妖怪ぶりを読むのもよい。だが、このような人物像は、様々なシステムが複雑に入り組んだ末、硬直し、閉塞感が極まった現代社会で、ルサンチマンにまみれ、心に闇を抱え、その闇から無軌道な怨恨のマグマを噴出させる人たちさえ知っている我々には、不可解ではない。もちろんこのような鳥居像が史料を無心に読む中から自然に浮かびあがるのではない。清張が史資料に眼をさらし、現代作家としての視点から追及し、導き出した、鳥居の、現代人に通ずる人間像である。

しかし清張は何も鳥居だけに焦点を当てているのではない。煩悩、利欲、怨恨をまとった人物たちの行状が、一様ならざる形で描きこまれる。清張が司馬遼太郎を語ったことで有名な一節——

彼とぼくとの根本的なちがいは、彼はやはり歴史上の人物を素材として書いているわけね。だから人物が司馬遼太郎のものになっている。で彼は、人間が面白くてしょうがないというイミのこと書いていたけれど、ぼくはそういうことには興味がない。ですから特定の人物について書いたものはあまりない。

（「文芸春秋」臨時増刊号『明治・大正・昭和　日本の作家一〇〇人』昭和四六年十二月）

これをヒントにすれば、清張は、忠邦なり鳥居なり一人物に焦点を当てたかったのではなく、逆に、集団劇に仕上げることで、彼の理想とする歴史小説を書こうとしたのではなかったかと考えられる。集団劇にした理由は、『天保図録』にとりかかる前に手がけた歴史解説書にある次の記述を読めば足りよう。

歴史は一人の英雄、天才、あるいは狂人によってつくられるものではない。ときとして、それが時代の象徴としてあらわれることもあるけれども――。

（現代人の日本史一七『幕末の動乱』あとがき　昭和三六年　河出書房刊）

将軍家と水野忠邦の縦線を中心に、幕閣・大奥の各派閥から、南北町奉行、鳥居配下の間諜組織、様々な思惑で動く旗本たち、知識人、改革の嵐にあえぐ衆庶まで、多彩な人脈図が形成される。人物たちが微妙につながって、絡み合う壮観な様を、たとえば曼荼羅図に喩える法もあろう。しかし将軍から小悪党まで多様な人物の視点から天保の世がとらえられ、時代像が立体的にダイナミックに立ち上がる様は、平面の曼荼羅図とは異なるイメージかもしれない。さらに人物たちの居住まい・行動・言動などから、清張が踏まえた天保改革時代の風俗・社会制度・倫理観・思潮などがうかがえる。「人間を描くことによって、その史実なり歴史が追及され、批判されなければならない」とする彼の理想が、スケールの大きな集団劇の形で成就されていったのである。かくして、『天保図録』を伝奇的要素の大小だけで評することが、適切ではないことが理解できたであろう。

階級や職業または性を異にする登場人物の多くが、陰影や闇の部分を持ち合わせていて、その人間群の動きが様々な事件をひきおこす行動結果として、歴史が形づくられる。

陰影を宿した人間たちが絡み、重なり合う『天保図録』を漆黒の人間図鑑とでも形容しよう。

そこに現代人や執筆の当時の社会との重なりを読みとれれば、本作の味わいは増すが、これを明らかにするのは今後の研究に俟ちたい。

松本清張論
──「天城越え」を手がかりに──

赤塚正幸

I

トンネルを抜けた山の向こうに見知らぬ輝かしい世界があるように憧憬するのは、年齢や洋の東西を超えた、人間の基本的な感覚であるのかも知れない。松本清張「天城越え」（昭34・11「サンデー毎日」特別号）の主人公もかつて山の向こうにあこがれた少年であった。伊豆半島の先端、下田で生活する彼には、「この山を向こうに越えたら、自分の自由な天地がひろびろと広がっているように思えた」のである。「少年が大人に成長する期の旅愁に似たものと、性の目覚めを取り扱ってみた」（「『黒い画集』を終わって」昭35・7『黒い画集3』あとがき　光文社）作品であると清張は述べるが、山の向こうへの憧れが「旅愁」や「性の目覚め」の根底にあるだろう。

「天城越え」の最初に、川端康成の「伊豆の踊子」（大15・1、2「文芸時代」）からの引用がある。主人公の旧制高等学校の学生が伊豆の旅に出て、天城峠を登ってきたというところである。「天城越え」の語り手は「伊豆の踊子」の書かれたのが大正十五年であると述べて「ちょうどこの頃私も天城を越えた」というのである。しかし「違うのは」として、

私が高等学校の学生ではなく、十六歳の鍛冶屋の伜であり、この小説とは逆に下田街道から天城峠を歩いて、湯ヶ島、修善寺に出たのであった。そして朴歯の高下駄ではなく、裸足であった。

とその違いを強調する。

「天城越え」と「伊豆の踊子」の背景や主人公の設定には顕著な対照が見られる。それに関して多田道太郎は「解説」(『松本清張全集4』昭46・8　文藝春秋)でいくつかを指摘したあと「この対照をこれ以上ひきのばして「解釈」することは、また新しい病気におちいることにほかならないと述べる。「病気」とは「解釈病」のことである。

また、藤井淑禎は「松本清張が純文学(文壇文学)をどう見ていたか」ということは「清張文学について考える際に、ゆるがせに出来ない問題」であるという観点から、「天城越え」に「伊豆の踊子」を「意識しすぎるほどに意識した諸設定」のあることを列挙し、「伊豆の踊子」に対する「強烈な批判」を持った作品であると述べる(「『天城越え』は「伊豆の踊子」をどう超えたか」平11・3「松本清張研究」)。

「天城越え」と「伊豆の踊子」の作品の設定の対照に関しては、両氏の指摘に付け加えるものは

特別にはない。ただ設定ということで確認しておきたいことは、「伊豆の踊子」は東京からトンネルを越えて伊豆の地で高等学校の学生が踊り子の一行と行をともにしたことを報告する話であるのに対して、「天城越え」は伊豆の人間がトンネルを越えて向こうへ行けなかった話であるということである。しかも「天城越え」は主人公が天城を越えてから「三十数年」後のこととして語られるのに対して、「伊豆の踊子」は主人公の今現在のこととして述べられているということだ。設定に関するこの件に関して今少し見ておこう。

「伊豆の踊子」の私は「自分の性質が孤児根性で歪んでゐると厳しい反省を重ね、その息苦しい憂鬱に堪へ切れないで伊豆の旅に出て来てゐる」のだという。その私の旅の目的が果たされたかどうかには様々な意見があるが、ただそれが問題になるのは天城のトンネルを越えた伊豆という向こう側の世界の物語であることだ。高等学校の私にとって伊豆のその世界は東京から見るとまるで別世界であるといってよい。彼はたとえば「物乞ひ旅芸人村に入るべからず」という立て札を見ても、なんの反応も起こさない。「旅芸人」の一行と現に旅をしているにもかかわらず、なのである。立て札に書かれていることは、村の住人からすれば生活上必要なことであったのだろう。しかし旅人である彼は、トンネルの向こう側の現実に触れることはない。彼にとっての現実はあくまでも東京である。「到底生物とは思へない山の怪奇」に出会うのは、トンネルの手前、彼の現実である東京につながる最末端の場所においてである。「山の怪奇」とは「孤児根性で歪んでゐる」「自分の性質」を暗示するものである。

そして修善寺、湯ヶ島を経て天城トンネルを抜けて伊豆半島を南下した彼は先端の下田に辿り着いたとき、そこから船で東京に帰る。再び伊豆半島での体験を繰り返したり再確認したりする必要はなかったのだ。帰りの経路を船に取ったということは、現実的には当然のことであっただろう。しかし作品として考えれば、伊豆半島での経験は既に済んでしまったものなのだ。船が港を出て程なく、彼は「踊子に別れたのは遠い昔であるような気持ち」を感じている。トンネルの向こうという非現実の世界から東京という現実に帰るだけである。彼の伊豆旅行の目的は、踊り子の「ほんとにいい人ね。いい人はいいね」という言葉を聞いて、果たされたと言ってよい。「孤児根性」が根本的に解消されたかどうかはともかく、少なくとも「息苦しい憂鬱」からは無縁になっている。

それに対して「天城越え」の主人公の場合はどうか。トンネルを抜ける前は山の向こうに「自分の自由な天地がひろびろと広がっているように思えた」のであるが、トンネルを抜けてみると、「なじみない」「別な景色」に「他国」を感じ「はじめて他国に足を踏み入れる恐怖を覚え」るのである。結局トンネルを越えて「修善寺まで行かない、ずっと手前」から引き返してしまう。少年の視線は下田から船で東京につながるということはなかった。ただ「流しの土工に、他国の恐ろしさ」を感じただけなのである。トンネルの向こう側（下田から見て）で少年は土工を殺し、トンネルを通って下田に帰るのである。

「伊豆の踊子」の私にとっては癒しの世界であった伊豆は、少年にとっては現実そのものでしかない。土工に「他国の恐ろしさ」を感じるばかりでなく、土工が「酌婦という名で呼ばれた修善寺の売春婦」である大塚ハナと性交渉を持ったことに対し、少年は「もっと小さいころ、母親が父でない他の男と、同じような行為をしていたのを見」ていたことを思い出している。それが少年にとっての現実であった。

「天城越え」の少年の山の向こうに対するあこがれは、言うまでもないが松本清張自身のものである。たとえば「雑草の実　5」(昭51・6・22「読売新聞」)には、「十六七のころ」のこととして、本を買えなかったので書店で立ち読みばかりしていたが、「小説などよりも旅の本が多かった」と述べたあと、

紀行文に引きつけられたのは、自分には生涯旅行ができないものと諦めていたからで、それだけに旅へのあこがれが強かった。その気持ちはすでに小学校高等科のころからあって、地理の教科書にある各地風景の銅版画(写真はまだなかった)に夢をそそられたものである。

とある。同じことはすでに早く「ひとり旅」(昭30・4「旅」)で、「小学校の頃は、地理が一番好きであった」として、

地図を見て想像に耽ることも愉しいことであった。地図の上では一つの小さな円や点でしかない市や町にも、私は自分なりの景色をその上につくった。辺鄙な地方の小さな町の名前ほど、空想が働いた。

それほど知らぬ土地に憧れともいいたい程な興味をもちながら、私はあまり旅をしていない。

と書かれていた。

「ひとり旅」は「天城越え」の前に発表の文章であるが、清張の山の向こうに対する思いを語って申し分がない。清張作品はそんな清張の思いを下敷きにして日本全国各地から海外にまでその舞台が広がっている。清張は「私の小説作法—自作解説」(『松本清張自選短篇』昭55年9作品社)で「天城越え」に関して「東京に来て間もない昭和二十九年に、初めて伊豆に行き、今井浜という温泉に泊まった。その翌日、天城を越えて修善寺に着いたことがある。この作品では、天城越えと犯罪とは関係ないが、舞台としてかつて通った天城峠を設定した少年の犯罪である」と述べている。今井浜は下田のおよそ十キロ程北の海岸沿いの温泉地である。そこから天城を越えて修善寺に行ったというのであるから、「天城越え」の少年と同じく北を向いて進んでいる。このときの経験が作品の下敷きになっているのであろうが、山の向こうに対する憧れが、「天城越え」の主要な動機になっていることは間違いがない。

しかしその山のむこうが決して「自分の自由な天地がひろびろと広がっている」ことなどのないことを、清張は感じている。「伊豆の踊子」で東京の人間に非現実の別天地と感じさせた伊豆が、清張はそんなことはないと知っている。行ったことのある無しにかかわらず、清張は自分の憧憬に現実を見失うようなことはしていない。「天城越え」ではたとえばトンネルの向こうの世界で少年が出会ったのは流しの菓子屋や呉服屋であった。特に呉服屋は少年に「世間はいろいろと辛いもの」であること、「他人というものは恐ろしいから、十分に用心した方がいい」ことなどを話す。トンネルの向こうが、決して「自由な天地がひろびろと広がっている」ものではないことを、登場人物に語らせている。少年もそれを当然のこととして下田へと引き返す。現実を出て現実に戻ったのである。そのように清張は伊豆という世界を、現実の側から、現実の世界として描いて見せたのである。

II

このように「天城越え」を読んでくるといくつか気付かされることがある。一つは最初に触れたが、この作品が「私が、はじめて天城を越えたのは三十数年昔になる」と書き始められているところから出てくる問題である。その後の展開は主人公が「十六歳」の少年であることに関わる。「十六歳」の少年であるということは、彼が事件に無関係であるという警察の判断に繋がっていく重要な設定と言ってよい。事件とは、ひとりの流れ者の土工の殺人事件のことである。土工を殺したのは少年であった。十六歳の少年であるということが、彼に有利に働いたのだが、いったいに松本清張の作品に、子供が登場しない。十六歳という年齢がいわゆる子供であるのかどうかには議論の余地があるだろうが、「天城越え」では、少なくとも殺人を犯して当然の大人とは見られていない。

それはともかく、松本清張の作品には子供が書かれない、あるいは登場したとしても、気の毒な設定をされている場合が殆どだ。加害者としてあるいは被害者として、「子ども」は清張作品には、基本的には描かれていない。

たとえば「鬼畜」(昭32・4「別冊文藝春秋」)は主人公の竹中宗吉が愛人に生ませた三人の子供

を押しつけられるという話である（本当の父親は誰か分らないが）。押しつけられた三人の子供を宗吉の妻のお梅は徹底的に排除しようとする。子供のうち、二歳になった次男は証拠はないが妻の手で殺され、四歳の長女は宗吉によって東京のデパートに置き去りにされ作品世界から姿を消す。七歳の長男は青酸カリ入りの饅頭や最中を食べさせられて殺されようとするが、彼がそれを吐き出したため失敗すると最後には伊豆の西海岸の絶壁から海に向かって抛り投げられる。彼は崖の途中に生えた松の木に引っかかって死にはしなかったが、「鬼畜」に出てくるのはとても幸福な子供たちとは言えない。妻から強く教唆されたとはいえ、宗吉は自らの手で子供たちを排除しようとするのである。その後の長男、その後の長女がどうなったのかはもちろん分らない。読者には「鬼畜」という作品のタイトルを呑み込んで納得するしか方法がない。

あるいは「潜在光景」（昭36・4「婦人公論」）には主人公浜島の愛人小磯泰子の六歳の子供健一の、主人公に向ける殺意が描かれる。その子供の自分に対する態度を殺意によるものと受けとめる浜島には、その昔彼が七歳の時に母のもとに通ってくる伯父を嫌い殺したことが記憶されているのである。いずれにしろ自分の母親に愛人が通ってくるその愛人に対する子供の殺意が描かれる。この六歳の健一にしてもかつての七歳の時の浜島にしても決して幸福な子供ではない。

また「熱い空気」（昭38・4・22〜7・8「週刊文春」）は家政婦の河野信子の目から大学の教授である稲村達也家の内情を覗く話である。河野自身は、「他に女を作った」夫と離婚した子供のいない「三二歳」の女性である。彼女が見た稲村家は「家族はばらばら」で「たしかに不幸があっ」

た。第一「子供は母親になついていない。いちばん下の六つになる子はともかくとして、中学生と小学五年生とは母親に反抗していた」のである。三人の子供たちは「出来損ない揃い」であると稲村家の祖母に言われている。「破壊された家庭を出て」家政婦になった河野には子供がおらず、そんな彼女に「出来損ない揃い」の子供たちを見させている。いちばん下の健三郎がどこででもこすれば火のつくマッチで祖母の耳をかいて発火させ耳の中に大やけどを負わせたり、作品の最後、そのマッチを弓矢の矢の先端につけた矢で信子の耳が射られ頭の中が燃え上がる。

なぜ清張はこのような「破壊された家庭」などを書くのだろうか。

その他「ゼロの焦点」（昭33・5～35・1「宝石」）の失踪した夫の行方を捜す鵜原（板根）禎子の義兄の家には子供があるが、名前も書かれない。子供が作品の前面に出ることもない。室田夫婦にも子供はいないようである。

子供のいることが書かれる場合もその子供は碌な語られ方をしていない。あるいはただいることが言われる場合が多い。また、清張作品には夫婦が登場しても彼らに子供はいないとされている場合が圧倒的に多い。また子どもがいると語られている場合でもその子どもは夫婦にとっての「子ども」であり、たいていの場合既に成人している。このような家庭における「子ども」の描かれ方は、いったい何故だろうか。

そういえば「天城越え」の主人公も、当時は十六歳の少年として作品に登場するが、作品の「今」は、それから三十数年経った時間である。「十六歳」の少年だったからこそ犯人として挙げられることはなかったが、彼が殺人を犯したことは間違いがない。山の向こうに対するあこがれは「鍛冶屋の伜」であるという生い立ち、「ひどく口やかまし」い「母」、その母親が不倫をしていたことを小さい頃に目撃しているなど、彼が幸福な少年だったとは到底考えられない。「十六歳」の少年という設定は彼を殺人犯として逮捕させないための仕掛けであろうが、そんな少年の殺人事件として何故この作品は書かれたのだろうか。殺人を犯した人間としての彼の少年時代とは、いったいどんなものだったのだろうか。そんな主人公の設定など、「天城越え」が「伊豆の踊子」への批判という観点だけでは、説明できまい。

このことは清張作品に子どもが登場しないということだけではない。もっと広く、幸福な家庭あるいは幸福な夫婦関係そのものが描かれていないということに繋がっていく。もちろん幸福な家庭、幸福な夫婦であればそこに何らかの齟齬が生じ事件が生まれるという、推理小説に必要な展開にはならない。問題があるからこそ事件が生じ、小説として成立する。そう考えれば、幸福な子ども、幸福な家庭が描かれないことは、推理小説の必要条件であると考えることも出来よう。ただ現代の、宮部みゆきや加納朋子など、普通の家庭を背景にしたなんでもない日常の事件や、悲惨な事件が描かれてはいても幸福な家族が出てくる、そんな小説を書き残している作家がいないわけではない。つまり清張も、幸福な家庭を書けなかったわけではない。書かなかったのだ。それはいったい何故だろうか。

浮気をする夫、浮気をする妻、あるいは若い男女の健全な関係ではない、例えば独身の男が人妻に懸想するあるいはその逆の場合など、健全な恋愛関係が書かれることもほとんど無い。「火の記憶」（原題「記憶」（昭27・3「三田文学」）を改題改稿　昭28・10「小説公園」）はおそらくそのような観点から見たときの数少ない幸福を感じさせる一篇である。頼子が結婚した高村泰雄の過去にかかわる話が主になっているのだが、彼女の兄が泰雄の過去の記憶の真相を推理して書き送ってきた手紙を「指先で細かく裂」いて、「泰雄がどんな人の子であろうがもはや、わたしには問題ではないのだ」と頼子が考えるところで作品は終わる。このあと、泰雄と頼子の夫婦生活が幸せであることを読者は祈ることだろう。「火の記憶」のような作品があることは、清張の小説世界に踏み迷う人間にとって何故かほっとさせるものがある。

総体的に、清張の作品世界は、読後ほのぼのとした印象を持てるものがほとんど無い。現実の清張の家族を含めて人間関係がそうだったからというのはあたるまい。「半生の記」（原題「回想的自叙伝」昭38・8〜40・1「文藝」）に「私の幼い時の両親の記憶は、ほとんど夫婦喧嘩で占められている」とあり、清張は両親を「こんな不幸な夫婦はなかった」と述べている。「半生の記」は清張の両親のことから、芥川賞をもらって一年後に小倉から東京に転勤し、半年後に家族を呼び寄せるところまでが語られる、貴重な資料なのだが、これはあくまでも自伝的「作品」なのである。書かれている出来事には基本的に誤りは少ないだろうが、それに対する思いはその当時の清張の思いそのものかどうかは分らない。「半生の記」の書かれた昭和38年、清張が五十四歳になる前後の過去の記憶に対する思いなのであることを、承知しておくべきだろう。自分の両親が「不幸な夫婦」

であったから清張の作品には幸福な夫婦は出てこない、というのは短絡に過ぎるだろう。もしそうであるなら、清張とナヲ夫人との「夫婦」はどうなのであろうか。夫人の清張没後の関わりの深さを思うと、清張夫婦が「不幸な夫婦」であったなどとは到底考えられない。「半生の記」は出来事は真相を語っているとしても、人間の心の真実がそのまま書かれているとは考えられない。「少年時代には親の溺愛から、十六歳頃からは家計の補助に、三十歳近くからは家庭と両親の世話で身動きできなかった」と清張は書いているが、現実の清張は家族を決して見捨ててはいない。「両親に自分の生涯の大半を束縛された」と言うが、そこから逆に、清張という人間は本当は愛情深い人間であったように私には思われる。

そう考えればたとえば子供の出てこない作品、「破壊された家庭」ばかりを清張が書くのは、清張自身の現実の経験の反映というより、もっと文学的な設定と考えた方がいいのではないか。不幸な状況からは、思いがけず隠された人間の本質が顔を覗かせる。「今の推理小説が、あまりに動機を軽視しているのを不満に思」うのは、「動機を主張することが、そのまま人間描写に通じる」と清張は考えているからである（「推理小説時代」→「推理小説の読者」に改題　昭33・5「婦人公論」）。「不幸な夫婦」「破壊された家庭」からは事件が生じ、その事件の動機からは、鮮やかに人間が浮かび上がってくる。おそらく清張の見ていたものは、事件ではなく人間そのもの、である。

III

今ひとつは、「天城越え」が「三十数年昔」のこととして語られている点に関してである。少年の土工殺しは当時は迷宮入りとなった事件であった。それが、事件に対する報告文集である「刑事捜査参考資料」の印刷を依頼してきたかつての刑事を登場させることによって、事件の真相が明らかになっていく。印刷したのは成長したその後の少年が営んでいるある印刷会社に於いてであった。その印刷を依頼してきた田島という老人は、迷宮入りとなった「天城山の土工殺し事件」を捜査したかつての刑事であった。その「参考資料」の中に自分も登場していることに印刷所の主人は驚く。「天城山の土工殺し事件」の全文を書き記して、土工殺し事件の全貌が明らかにされるが、話はそれで終わらない。印刷されたものを受け取りに来た田島が、事件の真相を、犯人がかつての少年、今は印刷所の主人の私であることを語っていく。何故そんなことを田島はしたのだろうか。つまり、清張は何故そのように書いたのだろうか。少年の行為が時効にかかっていることを田島は知っている。もちろん清張も知っている。

殺人を犯したあと、少年がどんな思いで生きて来たかは何も書かれていない。もう時効もとっくに過ぎた犯罪の真相を、当の犯人に対して告げることに、つまり作品をそのように書くことに、どんな意味があるのだろうか。

そういえば清張の作品はその全てが、事件の謎が解き明かされ犯人が逮捕されることで、書かれた物語が終わるというようになっているわけではない。たとえば「天城越え」と同じ「黒い画集」に収録された「遭難」(33・10・5〜12・14「週刊朝日」)なども、犯人が逮捕されるとはなっていない。作品は、北アルプス鹿島槍ヶ岳の遭難事件を述べたものである。その遭難が巧妙に仕組まれた殺人であることを、亡くなった岩瀬の従兄槇田二郎が同じルートを犯人と目する男と一緒に辿り、明らかにするというものである。真実を明らかにした槇田に対し犯人の江田は、彼を雪崩に巻き込ませ、自分は助かる。最後、「安全で、愉しげな下山の続きに移った」のである。

「凶器」(昭34・12・6〜27「週刊朝日」)にしてもそうである。殺人事件四年後の正月に、捜査に関わった刑事が石のように乾燥して固くなった餅箱の中の餅から、殺人の凶器が固く乾燥した「海鼠餅」であったことを知るのである。この作品は最後に、あくまでも当時の捜査官によって想像上の凶器と事件の展開とが語られる。その後その犯人がどうなったかは語られない。事件の真相とおぼしきものが想像されるのも四年後のことである。ただしその真相が真実であるとの保証は、どこにもない。

あるいは「表象詩人」(昭47・7・21〜11・3「週刊朝日」)はどうか。小倉の盆踊りの夜に起きた若妻殺しであるが、結局迷宮入りしてしまう。殺された明子とその夫の深田、彼らのもとに出入りしていた久間、秋島、三輪(私)の三人は、東京から来た明子に心惹かれている。その明子が何者かに殺される。迷宮入りした事件のことが秋島、三輪の二人によって語られるのは、「四十年」後のことである。最後に真相とおぼしきことを語った秋島は、「じゃけどな、こりゃわしの想像じゃ。わしが明子と道で別れたあとは、どんげなこつになったか、わしは知らんとじゃ」と述べる。夫の深田が明子殺しの犯人だろうと示唆した秋島だが、証拠があるわけではない。というより、彼の話は事件の解釈だけである。ただしそれも真実かどうかは分らない。何と言っても「四十年」という時間がすでに過ぎているのである。

このように見ると、「天城越え」が「三十数年昔」のこととして書き始められていることの意味は明らかであろう。清張は少年を犯人として逮捕させる気はそもそもなかったのである。作品は「三十数年前の私の行為は時効にかかっているが、私の今の衝撃は死ぬまで時効にかかることはあるまい」と終わる。「三十数年」という時間は「時効」を成立させるために必要な時間であったが、むろんそれだけではない。その後の少年が無事に生きて来たということ、そして今は印刷会社を経営している、ある意味では十六歳の少年であった時から何年後かにトンネルの向こう側に出て行ったものであることを示すための時間である。清張は少年を犯人として逮捕させるような話を書くつもりはなかった。しかしその後の少年に平穏無事に一生を送らせるようなつもりもなかった。

推理小説にも普通の小説にも多くの謎が取り入れられている。「推理小説と普通の小説とは、同じ謎を扱いながらどこが違うか」と問うたとき、「推理小説の場合は、最後に何もかもすべて解決しなければならない宿命がある」と清張は言う。「オワリが未解決であってはならない」(「推理小説独言」→「日本の推理小説」に改題　昭36・4「文学」)のである。そう考えれば、「天城越え」にしろ「遭難」「凶器」や「表象詩人」にしろ最後になって描かれた事件と事件がもっている謎は

「解決している」といってよい。ただその場合の解決とは、読者にとっての物語としての解決でしかない。作中で犯人が逮捕されてそれで解決というのでは決してない。作品の中で登場人物たちにとって何かが「解決」したわけでは決してない。

「遭難」の場合は探偵役が自然現象を装った人為的な雪崩に巻き込まれて殺される。なるほど遭難事件が人為的なものであり、最後の犯人の動機の証言によって、周到に計画された殺人であったことが明らかにされる。その作品の展開に異議を唱える読者はおそらくいないだろう。しかし犯人の江田は、この後逮捕されるだろうか。遭難事件の人為が誰かによってあらためて明らかにされるであろうか。確かに亡くなった岩瀬の姉がいて、弟の死に疑惑を抱いてはいるが、その探偵役であった槇田が死んだあと、彼女が探偵となるなどとは普通は考えにくい。

また、「天城越え」も「表象詩人」も、およそ取り返しのつかない長い時間が流れたあとに真相が語られる。「凶器」も、過ぎた時間は短いが、いずれにしろその後の話である。つまりこれらの作品は事件の当事者あるいは捜査に当たった刑事が、真相を語るあるいは推理するのだが、あくまでもその後の話である。犯人が逮捕されるなどといったことは「天城越え」にも「表象詩人」の場合にも、起こりえない。「凶器」の場合はまだ時間的には時効にかかってはいないが、犯人はたぶん逮捕されないだろう。犯人の逮捕という形での解決は最初から放棄されている。犯人逮捕という形ではないが、真相（と思われるもの）が最後に明かされるという風に、話は「解決」している。

清張の代表作である「点と線」（昭32・2〜33・1「旅」）なども事件は解決したが、それは犯人夫婦の自殺という形での決着である。心中事件が巧妙に仕組まれた殺人であることを主として追求した警視庁の三原警部補が、心中ということに最初に疑問を持った福岡署の鳥飼刑事に宛てて事件解決後に書き送った手紙に、「なんとも後味の悪い事件でした」と書いている。犯人夫婦が自殺すると言うことは、事件の真相は分からないということだ。三原の書簡には事件の推移は書かれている。それはしかしあくまでも彼の推測でしかない。小説として破綻があるというのではない。「後味の悪い事件」として作中人物に感じさせるように、清張が書いたということだ。黒幕であった石田部長も事件後「前よりはポストがいい」新しい部に転属になる。「そんなばかなことはない」はずなのだが、三原の憤りは消えない。しかしそれは、作中のではなくわれわれが生きているこの現実の「真実」ではないのか。

清張が言うように、「最後に何もかもすべて解決しなければならない」からそのように作品を書くというのは、読者にとってのサービスに過ぎないのではないか。読者の「解決」への思いは、単に事件の真相を明らかにするということではすまないのではないか。すくなくとも、私には、作中人物たちはそれで納得してないのじゃないかという思いが消えない。

松本清張と「日本の黒い霧」

藤井忠俊

〈なぜノンフィクションなのか〉

周知のように、松本清張のノンフィクションは、「日本の黒い霧」の連作から始まっている。これは後の「昭和史発掘」などとくらべて、執筆過程を解明する資料が乏しいので、それを仔細に提示して解説を付すことはむずかしい。しかし、清張がなぜノンフィクションの世界にふみこんだかを知るには「日本の黒い霧」執筆の動機を検討することから始めねばならない。その手がかりは、この連作の前年に「小説・帝銀事件」を書いていることである。しかも、連作の中に改めて帝銀事件の項を入れたところに一つのカギがある。

これについて、清張には重要な記述がある。あとがきに代えて「なぜ『日本の黒い霧』を書いたか」に動機を述べているくだりがある。「以前に『小説・帝銀事件』を書き終わったときのことにさかのぼる。私はこの事件を調査しているうちに、その背景がGHQのある部門に関連していることに行きついた。これなくしては帝銀事件は解明できないと思ったくらいである。」

清張の作品は、フィクションであれノンフィクションであれ、清張個人のもつ直感力と疑問の処理能力が働いている。その基準は清張の常識であろうと思う。批評では社会派という言い方もあるが、清張としては多くは常識的見方をしているにすぎない。帝銀事件の裁判では、毒物の特定ができていない、というより避けているようですらある。これが一つ。いま一つは、犯人とされた平沢貞通の自白に矛盾が多すぎることであった。法廷では平沢は自白は強要されたと述べた。

そうして、捜査資料・裁判資料を見るチャンスを得て、この捜査が、犯人像を追いつめていったにもかかわらず、ある時点でその主分野の捜査が打ち切られ、真犯人が使った第三者の名刺とおなじもの百枚余の追跡でうち一枚の名刺所持者であったことから平沢を強引に自白に追い込んでいる。捜査陣が毒物から浮かび上がらせた犯人像とは、実は、今では有名な細菌戦の七三一部隊だったのである。事件に使われた特殊な青酸系毒物はこの七三一部隊関係で開発したものだった。そこまで捜査陣は解明しており、真犯人はその関係者であろうとしぼりこんでいた。

しかし、それが突如として方向転換してしまったのだった。清張の直感は、それをアメリカ占領軍、GHQの参謀二部GⅡと関係があるのではないかと思わせた。その疑惑から数々の状況証拠の検討にむかう。また、占領時代には同じようなケースがあるようでもあった。そして、占領下の不可解な事件を順番に追いかけてみようと思いたったのが「日本の黒い霧」であった。その中にはすでに周知の「鹿地事件」や「疑獄事件」もあったし、進行中の裁判事件として明らさまに占領軍への追及は封じられている「松川事件」もあった。これらを含む一年間十二本の連載が組まれた。なかでも、「下山事件」とこの「帝銀事件」には力がこもっていた。

〈60年つづく問題提起になった「帝銀事件の謎」〉

「小説・帝銀事件」を書き終えて一年、清張が新たなノンフィクションとして執筆した「帝銀事件の謎」はその冒頭部分でつぎのように書き起こしている。「平沢貞通犯人説に多少の疑問を抱いていた私は、この小説の中で、出来るだけ事実に即して叙述し、その疑問とするところをテーマとした。小説の形にこれを仕立てたのは、私の疑問をフィクションによって表したかったのである。しかし、疑問をそのような形で書く以上、内容的なデータは出来るだけ事実に拠らしめなければならない。」として資料のいくつかを記している。

ここでは事実に即して叙述したいという気持に主眼があると同時に、自分のもつ疑問はフィクションによって表したかったという。小説である以上、全体の表現はフィクションになった。しかし、内容は事実に即したいのでほとんどフィクションは使わなかったとも述べている。ここに清張にとってのフィクションとノンフィクションの区別が示された。そしてつぎのようにも書いた。「この小説を書いた当時、私の調査は充分とは云えなかった。」そして語を継いで「その痕跡を発掘することは至難なことである。私が小説の名にそれを借りて疑問を書いたのは、その貧弱な知識の故であった。」

この二つのテーマについて、ノンフィクションで表現するかフィクションにするかについて、清張はきわめて明解に述べた。そして、帝銀事件の解明というテーマは、できればノンフィクションがふさわしいことを示唆している。多くの作家はフィクションを自分の専業と考えているせいか、ほとんどノンフィクションは書かない。しかし、清張にはこうした専業意識は薄い。方法へのこだわりもまた少ない。たしかに、清張は作家であり、小説の修行もし、小説を書いて世の評価を受けた。よく言われることだが、純文学か大衆文学かなどのこだわりもなく作品を発表してきた。そういう自由さが認められるのはたしかである。フィクションかノンフィクションかの垣根も清張にはなかったようである。清張には何よりもテーマがあった。そのテーマを表現するのにふさわしいスタイルがその場その場で選択されたといってよかろう。

さて、「帝銀事件の謎」にもどるが、それはやはり事実のみで語らなければならないテーマだと清張は思った。フィクションとしての「小説・帝銀事件」の評価が低かったわけではない。いや、文藝春秋読者賞を得るほどに評価は高かったのである。私はこのノンフィクションの評価について、三つのことを指摘しておきたい。

第一は、兇器となった毒物が裁判では正確に確定しえなかったこと。第二は自白に重きがおかれたが、客観的に見ると毒物入手の方法などどこまでもあいまいであったこと。第三は毒物が特殊なことから旧日本陸軍七三一部隊の周辺に捜査の網がしぼられたのに、急にその線が消えたのはなぜかである。

この三点は帝銀事件について私がもっとも重要だと思う点をあげたのだが、清張にとっても同じだったにちがいない。第一点に使った殺人の毒物の特定は、捜査にあたってはいつでももっとも重要なことである。そこにあいまいさが残れば、事件の解決は不可能に近い。清張もまたこの点への疑問を小説以後もますます深めたのであった。

第二点の自白について私の考えを述べてみよう。現在では、捜査から裁判にいたるまで、自白は最重要の証拠とは見なされていない。しかし戦前の日本では警察の取調べは自白を強要する拷問がきめてであった。アメリカ軍のイラクでの取調べでも自白を得るための拷問が問題になったことは記憶に新しい。この帝銀事件は運悪く戦前の旧刑事訴訟法が廃止され、新憲法にもとづく新刑事訴訟法が施行される境目の時期にあった。そのため旧刑事訴訟法にもとづく自白、拷問の慣習がまだ残っている時代であった。取調べについてはこの帝銀事件が最後のものだといわれており、平沢の自白もまた、自白強要がされていたことはまちがいない。そのため、平沢が逮捕されてから自白が発表されるまで一ヵ月を要している。すでに画家としては大家の域にあった平沢の年令から考えても、よく一ヵ月耐えたといえるかもしれない。私は、この時期の自白の問題はきわめて重要だと思うので、私自身の著書の中でもその解説を試みた。戦後からこの時期まで死刑が確定した人が再審を認められ無罪になったケースが多かったのも、新刑事訴訟法への移行過程での捜査とくに自白の強要に原因があった。

これについても、清張自身学習した経験があったのである。やはり、「日本の黒い霧」に収録された「松川事件」の被告の支援のため、またそのために裁判批判を続けてきた作家の広津和郎の支えとなるために、この典型的な裁判の全貌をつかんでいた。ここでもっとも重要だったのは自白をめぐる攻防だったのである。当時の法曹界での重要なテーマもまた〝自白〟であった。

こういう経緯から、裁判でもまた自白は一つのキーでもあった。平沢の場合もその類型に入りえたのだった。

第三の論点としての七三一部隊、これはあくまでも清張の論点であって、平沢裁判の論点ではなかった。捜査本部はその捜査対象にまでしていたのに、裁判のテーマではなかった。だが、清張がつかみえた事実として、もっとも重要なものであった。そして、初めてその問題点を明らかにしたのだった。この作品における清張の問題提起の価値は七三一部隊だったといってよい。この七三一部隊はまだ当時世の中には充分に認識されてはいなかった。識者にはその認識はあったのである。しかし、大きな問題にはならなかった。にもかかわらず、七三一部隊の実績は、その非人道的行為においてはNo.１の戦争犯罪であった。ところが、その関係者は一人も戦争犯罪人の指定を受けなかった。それはなぜなのか。

清張の問題提起の前にその指摘がなかったわけではないが、清張の指摘によって、七三一部隊関係者の戦争犯罪からの免責があったのではないかと疑われた。アメリカ占領軍との間の秘密の取引があるのではないかという疑惑が読者にも伝わった。この解明は「日本の黒い霧」刊行の後もすぐにはなされなかった。にもかかわらず、疑問は年代を越えて伝わり、清張のノンフィクションから広がって行く時代になった。清張の疑問から直接につながる青酸化合物を追及する系譜が一つある。まったく視点のちがう戦争犯罪、戦争責任の追及から七三一部隊の全貌が明らかにされていく系譜がさらにある。こうして、清張の疑問はいまでは新しい展開を見せている。そしてアメリカ軍によって七三一部隊の生体実験データと戦争犯罪の免責が取引された。その証拠といえるものがいまではかなり明らかになっている。松本清張記念館のオリジナル映像の中にもこのデータの一部を収めた。これは清張の疑問の力が60年たってもまだつづいている証左で、ノンフィクション「帝銀事件の謎」が現在に生きている証しでもある。

〈「下山国鉄総裁謀殺論」〉

「下山国鉄総裁謀殺論」は「日本の黒い霧」連作の中で清張がもっとも力を入れて書いた。あるいはこの謀殺論が書きたくて連作の企画に応じたのではないかとも思えるくらいである。そして、連作の第一話だから、清張ノンフィクションの第一作といってもよい作品である。一九六〇年一月号の「文藝春秋」所載、連作は十二月号までの十二作、流行作家の連作であるばかりでなく、この年には「黒い福音」「球形の荒野」「砂の器」の連載もつづいていて多忙であり、「黒い霧」のような連作には一作一作に軽重があるのはやむをえない。作者が力をこめたものをとりあげて批評するのが評者の態度だと思う。

帝銀事件同様に下山事件には清張の問題意識が明瞭にうかがわれる。この事件は一九五〇年七月五日、現職の日本国有鉄道（国鉄）下山定則総裁が行方不明になり、翌朝常磐線北千住・綾瀬間の線路で轢断死体になって発見されたという事件である。

下山総裁はその時、国鉄職員十二万人の首切りをしなければならない立場にあり、死の前日にはそのうち三万人の解雇を発表したばかりである。これをもって自殺の動機とする説は有力だった。責任論は別に論じられる。解剖の結果、東大法医学教室は死後轢断すなわち他殺と判定したが、慶応大からは自殺の可能性もあると異論が出された。当初他殺とみられたものが、毎日新聞による現場付近の目撃証言らしきものが出るに及んで、新聞も毎日新聞の自殺説と他紙の他殺説に判然と二分されてしまった。もちろん目撃が確かならそれで死の数時間前までは付近にいたことになるが、目撃された人が本当に下山総裁その人だったかの確定にはいたらなかった。さらにそればかりでなく、付近の旅館に日中休憩した総裁らしき人という旅館女将の証言が出ると捜査当局は自殺説に傾いたと見られた。やがて、捜査が事実上打切られたにもかかわらず毎日新聞以外の他社は相変らず他殺説であったし、死体解剖者も他殺鑑定は変えたわけではなかった。

しかし、捜査が実質的に打切られた数ヵ月後、捜査当局から洩れたとされる下山事件白書がスクープされた。

下山事件の概要を簡単に記すだけでもこの程度には複雑なのである。これ以上簡略化することは無理である。こうして、下山白書がスクープされて「改造」と「文藝春秋」二誌に掲載されると、自殺白書のようであった。

〈清張の疑問〉

十年後、清張はこの白書に疑問を抱いた。まず、どうしてスクープされたのか。そしてその自殺論の中にあらわれた目撃証言への疑問である。一つには付近住民の証言があまりにくわしすぎるという。知らない人の身なりがこんなにくわしく記憶され証言できるのか。いま一つには旅館の女将の証言で、これもネクタイ柄や靴の色が下山総裁のものとほぼ一致した。しかし、数時間も滞在したのにヘビースモーカーの下山がどうしてタバコの吸いがらを残さなかったのか、清張の疑問がふくらんだ。清張自身もヘビースモーカーだった。

そうして、この謀殺論での目撃証言についての結論は、目撃されたのは下山総裁の替え玉だったのではないかという。私は最初一読した時替え玉とは苦しい解釈ではないかと思った。ここまで推理を入れてよいかとも思った。けれども、もう一度清張の謀殺論を読んでみるとうなづける点がいくつかあった。推理小説的にいえば替え玉を入れて話を展開する手法はよくあることだが、これはノンフィクションの謀殺論である。だが、替え玉説は清張の発案ではなく、当時の加賀山国鉄副総裁の持論であった。ともに仕事をした人の直感に清張もしたがったのだということがわかった。だから突っぴょうしもない説ではなかったのである。これは実は、轢断死体が発見された時の衣服、靴の状態への疑問と関係がある。衣服については服には油が付着していないのにワイシャツは油にまみれていた。靴は片足がつぶれた状態だが、別の片足は傷一つない状態だったという。加賀山副総裁の説では、犯人が死体を置いたあと別の列車がすぐに来たので、片方の靴をはかせる余裕がなかったのだとする。

清張の疑問は、目撃証言がくわしすぎることに向った。本物の総裁ならばこうもはっきりと認識され証言できるものか。普通はもう少し漠然としたものではないか。清張は加賀山副総裁とは予想される犯人像がちがっていたが、国鉄一筋にきた人間が鉄道で自殺をするわけがないという加賀山の感想に共感するところがあった。それに遺書のない自殺にも疑問があった。大臣級の高官が遺書なしに自殺するだろうか。そういう疑問が直感的にでてくる。自殺説はこの直感をくつがえすほどの説得力がなかったし、説明されていない。ここでも、清張は常識的に素直に生じた疑問をくつがえすほどの自殺論は考えにくいと思ったようだ。

動機については労使紛争の心理的葛藤よりも、この首切りを指示したアメリカ占領軍の圧力に対する苦悩のほうが大きいと感じたようである。労働組合側よりも占領軍側のほうに死の原因があるのではないか。だからこそ、不自然な捜査白書で幕を閉じ、しかも、作為的なスクープがあったのではないかと考えた。清張はさらに捜査陣の中でも捜査一課と二課の対立があったことを重視した。そして一課の自殺論による白書が盗難にあったかのようなスクープ発表になったのではないか。そのため、二課の他殺論が圧殺されてしまった結果だと考えたのであった。これは、清張執筆時点では群を抜くような緻密な立論だったことはたしかであった。

結局、下山事件は自殺とも他殺とも結論が出ないまま現在に至っている。私は、自殺か他殺かを五分五分の可能性とみる論には与し得ない。清張がその後も下山事件研究会をつくって研究をつづけた執念もさることながら、最初の法医学教室の解剖による他殺の可能性をもとにした客観的検討が必要と思っている。死因の解剖は出発点であり、本人そのものを解剖したものであるだけにいくつかの反証、異論が現れたとしても、原点の判断をくつがえすことができるか。それにはできるだけ対等の客観的比較が必要である。

同じような次元で、総裁としての職責とそれを完うし得ないとすればどうして遺書、遺言がないのか、その疑問にも納得しうる反論が必要である。また、まる一日、責任のある機関に何の連絡もなかったことに納得のある説明が可能なのか。その時間帯には拉致されていたのではないか。こういうことが、清張がこのテーマを選んだ理由ではないか。最初の直感、そこから生じる疑問を基本的に解消しえたか、それが私の清張批評の基準である。

下山事件の場合も、現在なお何も解決していない。悪意の批判、反論もあるにせよ、前述のようなもっとも基本的な問題をくつがえすものはまだない。逆に真犯人について若干の情報も出はじめている。他殺とすれば真犯人の見当がまったくないのではどこまでも迷宮入りになるし、自殺とすれば前述のような基本的疑問を解決しえなければ決定的な自殺論にはなりえない。また別に目撃証言についての作為を指摘する事実の紹介もないではない。こうして、このノンフィクションが提起した問題も、まだ解決されていないし、なお生きつづけている。その意味では帝銀事件ともども、世紀の謎になったといえる。

〈資料と調査を重視する姿勢〉

清張がなぜ簡単にノンフィクションの記述をはじめたか。その清張自身の説明は冒頭で述べたが、さらにいえば、一つは清張の資質、一つは清張のそれに至る学習と関係があるという私の感想を述べておきたい。小倉に松本清張記念館ができて、清張の青年時代、職業人になった時代の解明がすすんだ。その結果、小学校卒という学歴なのに青年時代の読書量、文学の勉強は相当なものだということが明らかになってきた。それは同年代の中学校以上に進んだ人よりもレベルの高いものであったと思う。これは私の持論ではあるが、能力のある小学校卒学歴者は一般の大学・大学院卒以上の知識と実力を有している。ところが、本人にはその自覚がないために知識の蓄積量についてはとどまることがない。清張もこういう人物であった。それは普通に大学以上に行く人が自分の学問分野で常識的な水準を感じてそのレベルなみの仕事をしようとするのに比してとどまるところを知らないような、水準意識についての常識がないところがある。清張もその一人である。彼らには到達点がない悲劇もあるし、科学の分野に踏みこんでも垣根がないことが多い。自分の設定した課題について制約がないのである。これはフィクションとノンフィクションの垣根のなさに通じる。テーマがあるのであって、その表現がどうであろうとかまわない人種である。清張におけるノンフィクションとはそういう世界である。

そういう意味からいえば、資料の重要さを感じた時にノンフィクションの手法になることが多い。資料を作品中にはっきり明示したいからである。それは、「日本の黒い霧」をなぜ書いたかのあとがきで明言している。テーマを追及する迫力があるのが清張で、方法がテーマにそって生れてくるという特徴をもっている。学歴のないことがプラスになる一例であると思う。

「日本の黒い霧」にいたる清張の学習は、松川事件に関与したからであろう。とくに、その裁判過程である。もちろん知識として裁判を知った。またそれに付随して捜査を知ったといえるであろう。前述したが、裁判における、あるいは捜査における自白を見て、帝銀事件では自白が被告にどこまでも不利に働いたこと、それが本人の否定があったとしても、逆に本人が証明できないことがある。そして、日本の捜査、裁判史における自白がもっともクローズアップされた事件に遭遇したのだった。下山事件においては自白例はないといえるだろうか。そうではない。目撃証言がそうである。その意味では自白も証言も同じ性質をもっている。

私は、帝銀事件も下山事件も、この学習によってえらばれたテーマであったと思う。

ノンフィクションに関係のある松本清張の資質は〝調査〟である。作家の調査は企業秘密のようなところがあって、明るみに出にくい。しかし、清張は、調査力がかなりすぐれているように思う。調べることがテーマになる小説もある。清張自身の芥川賞受賞作も〝調べる〟がテーマである。清張は調べる人間の営為にことさら興味をもっている作家である。調べたものを資料として示したい意欲がでてくるとノンフィクションに傾くのではなかろうか。

清張には調査という血が流れていたようである。

〈追記〉本稿校了時に足利事件の殺人犯人として一七年も収監中だった菅家さんの無罪を意味する再審が決定されて解放された。この裁判も自白から始っている。自白はいまも負の遺産として生きていると思い知らされた。

佐藤泰正

松本清張一面

――初期作品を軸として――

一

田辺聖子は杉田久女の評伝『花衣ぬぐやまつわる　わが愛の杉田久女』（昭62）の中で、松本清張の初期の短篇で同じく久女をモデルとした作品『菊枕―ぬい女略歴―』にふれて、次のように語っている。

かねて私は「菊枕」は俳人小説なのに、俳句が一つも出ないのは欠陥ではないかと思っていたが、実は、俳句などこの小説では必要ないのだと思い当たったのだった。清張氏は女主人公「ぬい」の伝記を書かれたわけではないのである。「ぬい」や「ぬい」の俳句を愛して「菊枕」を書かれたわけではなく、「ぬい」は松本清張氏の構築する小説宇宙の素材に使われたにすぎないのだ。氏が利用したいと思われたのは、ぬいの人生、ぬいの俳句におけるやみくもな情熱なのであろう。

しかし、これは矛盾であろう。ぬいの伝記を書いたわけでもなく、ぬいやぬいの俳句を愛したわけでもないと言い、ぬいはただ清張の「構築する小説宇宙の素材に使われたにすぎない」（傍点筆者以下同）という。しかも彼が利用したいと思ったのはその人生、その「俳句におけるやみくもな情熱」だったのだという。ならばその「やみくもな情熱」の跡こそが描かれねばなるまい。しかも俳句は一句たりとも引かれてはいない。これは何か。またさらに次のようにも田辺氏はいう。

清張氏はある種の人間悲劇を書こうと意図され、それにふさわしい素材を物色して、やがて「久女」という素材にめぐりあわれた。／取材した限りの、氏の円周の中での久女は、まさに氏の企図されたテーマにうってつけの性格と人生であるかに思われた。その性格も一方的に脚色されてはいたが、その脚色ぶりが、文学者としての期待に叶ったともいえよう。こうして「ぬい」は生れた。

ここにいう一方的に脚色された性格とは何か。それが作家としての清張の期待にいたく叶っていたという。ここでも問題はやはり残るが、それは後にふれるとして、こうして「ぬいは生れた」が、

「それは『菊枕』のぬいであって久女の再現ではなかった」という。しかも明らかに久女を想わせる人物像に遺族は烈しい怒りを覚え、両者の烈しい応酬も始まるが、それはいま措くとして、田辺氏はさらに次のように語る。

その「ぬい」は独りあるきしはじめ、いつか久女の面影がそこへ重ねられてしまった。それこそ真実の久女の不幸ではないかという気がする。久女は不利な立場へ、立場へ、と逐われてゆく宿命を持った人である。

作中の人物が独り歩き始めるのは小説の常套であり、別に不思議もないが、そこに「真実の久女の不幸」があったという。その「真実の不幸」とは何か。明らかに問題は作家清張にあると、田辺氏は言いたげである。一方的な「脚色ぶり」が清張の期待に叶ったというが、その一面的な「脚色ぶり」の中に、人物が立たされているとすれば、その一面的な批判、責めつけの背後にあるものは何かと、問いつめてゆくのが作家たるものの責務であろう。しかし作者は逆に、これこそは自家薬籠中のものと言わんばかりに、その脚色ぶりに輪をかけたごとく展開されているのではないか。しかし、ここでこそと田辺氏はいう。

久女こそ「断碑」の、『或る「小倉日記」伝』の、『啾々吟』の主人公たりうる人である。なぜか運命の賽の目は、久女に苛酷な目ばかりを出す。そのため、いよいよ久女の句は高雅に清艶に冴えわたってゆく。／そのことを、私は長年、久女を書きつづけてやっと発見したのだった。

ここで田辺氏は、久女が世間の眼からたわめられ、苦しめられた故にこそ、これに抗するごとく、その内面の苦悩はおのずからに高雅、清艶な句へと高められていったのだという。この表現者としての内面の機微を見ずして、何を語ったことになろうかと田辺氏は問いかけるようだが、しかしまた、この評伝の終末に近く、俳人内面の葛藤にふれて次のごとく言う所は、どうであろう。

久女の跡をもとめることは怨念と背信、相剋と嫌厭の苦い味を舌頭で転がすことであった。／俳句というものは人の競争心をあおりたて、憎悪にみちびきやすい何かがあるのだろうか、そんなことを思ったりした。短い形ながら、その短かさゆえに骨身を削る、酷烈な修業が人の心を萎縮歪曲させることになるのだろうか。

しかし、ここで見落とされているのは俳句自体ならぬ、俳壇、結社がおのずからに孕む一種の権威的、権力的構造ともいうべきものではあるまいか。久女の悲劇はいうまでもなく、当時の俳諧の大御所ともいうべき高浜虚子の寵愛と名声を得たいと願いつつ、それが果たせなかったことへの口惜しさが生み出した情念の昂ぶりと、それが彼女特有の性格の烈しさとあいまって奇矯なふるまいともなり、果ては虚子の持てあます所となり、無惨な仕打ちを死後に至るまで受けねばならなかった所にあろう。念願の句集の刊行も虚子の同意を得られず、没後やっと出ることになり、虚子の序文も掲げられているが、しかしその中に掲げられた代表作の十句のありようはどうであろう。

〈むれ落ちて楊貴妃桜尚あせず〉〈風に落つ楊貴妃桜房のまゝ〉〈むれ落ちて楊貴妃桜房のまゝ〉と、同じ趣向の句が三句も挙げられているが、これは無作為というか、手当たり次第の選句というほかはあるまい。代表句とあれば、〈花衣ぬぐや纒はる紐いろ〳〵〉の一句こそ挙げられているが、〈谺して山ほとゝぎすほしいまゝ〉〈朝顔や濁り初めたる市の空〉〈夕顔やひらきかかりて襞深く〉〈紫陽花に秋冷いたる信濃かな〉〈鶴舞ふや日は金色の雲を得て〉などの秀句が当然挙げられるべき所であろう。「これらは清艶高華であって、久女独特のものである」という言葉も何故かそらぞらしくひびいて来る。加えて『國子の手紙』など創作と銘打ちつつ、久女の昂ぶった、時に心気の狂乱をさえ思わせる手紙をそのまま掲げているのも、久女を「ホトトギス」から除名したことへの弁明としかとれまい。

すでに久女の悲劇の由来する所は明らかであろう。しかし田辺氏はこれを俳壇・結社の生み出す歪みならぬ、俳句そのものの性格が生み出すものではないかと述べているのは、やはり虚子と久女の葛藤にいまひとつ踏み込もうとしなかった所から来る矛盾ではあるまいか。恐らく清張が何年か後に改めて筆を取ったとすれば、あるいはこの俳壇、結社の孕む矛盾の構造を清張一流の筆致を以て、えぐりとることもできたかと思われる。しかし、だとすれば清張の眼は何処に注がれたのであろうか。ここで久女こそは『断碑』『或る「小倉日記」伝』、さらには『啾々吟』など初期短篇の「主人公たりうる人」だという指摘は生きて来よう。しかしまたここでも、この断定はまた微妙な差異を含むかとみえる。そこで田辺氏が見事に要約してみせた、これら短篇の概要に眼を向けてみよう。

二

田辺氏は語る。

「断碑」という短篇がある。不遇な考古学者、木村卓治なる男の生涯を簡潔に描いた作品である。才能はあるが学歴なく、性質は狷介で人に好かれない。むなしく異才を抱きながら志を果せずに朽ちてゆくのである。これは昭和二十九年十二月発表。

「或る『小倉日記』伝」は昭和二十七年度下半期、第二十八回の芥川賞を受賞した作品で、発表は二十七年九月。

田上耕作は重度の身体障害者であるが、明晰な頭脳に恵まれていた。小倉に住んだ縁で森鷗外の小倉在住時代の調査を思い立つ。鷗外の日記は小倉時代のものだけが欠けていたのである。耕作は不自由な軀を引き摺って鷗外のゆかりを尋ね、研究を重ねてゆくが、戦後の窮乏の中で死んでしまう。死後、鷗外自身の「小倉日記」が発見されるのである。

「啾々吟」は性格的に人に容れられず孤立し自滅してゆく男、石内嘉門の悲劇である。はじめは人に快く迎えられる才気が、やがては疎んぜられてゆく原因となる。嘉門は自分の持って生れた運命に敗北するのである。発表は二十八年三月。

さて、田辺氏はこれらの人物に共通して見られるのは「主人公の烈しい性格と、やりばのない憤懣である」と言い、「ぬいは田舎の中学教師の妻ということで、木村卓治は学歴のないコンプレックスで、田上耕作は身体障害者という鬱屈を抱き、石内嘉門は藩の軽輩の子弟ということで尽きぬひがみと嫉妬になやみ、それぞれ並み以上の才能に恵まれているばかりに、かえってその執念を熱くたぎらせ、燃え尽きてしまう」という。加えて清張自身、「現実にも下積の人生の艱苦を、身をもって知った」が故に、その「呻吟を作品に表現するとき、殊にも生彩を放つ」ことが出来たのであり、「右の作品はすべて初期の傑作群である」という。

一見、妥当な指摘と思われるが、しかしこれらすべてが、初期の「傑作群」ということが出来ようか。あえて言えば、やはり『或る「小倉日記」伝』一篇こそが傑作の名に価するものであろう。また清張作品に最も長く付き合い、高い評価を与えた平野謙も、これらに『笛壺』『装飾評伝』『真贋の森』などを加え、「たとえ作者の厖大な長編推理小説がほろび去っても、これらの作品群は文学史上に残るだろう」(『松本清張短篇総集』解説)と断言している。いまこれら『装飾評伝』や

『真贋の森』など、興趣深い作品にふれる余裕は無いが、やはり一篇をとなれば、『或る「小倉日記」伝』にとどめを指すことになろう。この仔細はまた後でふれることになるが、たとえば清張は『断碑』について、次のように語っている。

森本六爾こそは「当時のアカデミックな考古学への反逆に一生をかけた人」であり、その「学問への直観力と、官学に対する執ような反抗」、「私の作品に多い主人公の原型は、この森本六爾を書いた時にはじまる」という。

この森本六爾が主人公木村卓治のモデルであり、奈良県の片田舎に生まれ、少年時代から考古学に興味を持ち、小学校の代用教員をしながら郷里の遺跡の発掘を続け、学会誌にも次々と論文を発表するまでに至るが、その中学出身という学歴の低さが仇となり、研究者の職につけず、学界からもその仕事は黙殺されることになる。考古学とは遺された遺物遺跡の測定ならぬ、これを生み出し遺した「人間の生活」を考えるべきだという彼の創見に満ちた独自の研究は、「考古学の遺物の背後の社会生活とか、階級別の存在とかいうことにまでおよぶのは論外」だとし、「黙殺と冷嘲が学界の返事であった」。しかし、こうして「木村卓治が満身創痍で死んだと同じように、これらの人々も卓治のための被害者であった」と作者清張はいう。

たしかに主人公木村卓治の怒りはただならぬものがあり、やがて彼は「官学に向かって牙を鳴らす」ようになり、一度は頼みの綱とも思った先輩から出入りを差しとめられれば、彼は「大声をあげてふたたび笑った」と言い、その病死が告げられれば、「木村卓治は、げらげら笑った」という。

すでに作者の筆の走る所の何たるかは明らかであろう。この『断碑』の主人公こそ「自分の作品に多い主人公の原型」で、ことはこの一篇に始まると作者はいうが、その主人公の性格的な宿命の生み出す悲劇は、すでにこれよりも早い『菊枕』や『啾々吟』にも明らかな所であり、『啾々吟』こそは芥川賞作家清張がまた一面に持つ、直木賞的作家としての筆力を遺憾なく発揮した秀作であろう。

鍋島藩の家老の松永慶一郎なる人物が語り手だが、実は同じ藩の主君の嫡男淳一郎も、また二百俵二人扶持御徒衆のせがれ石内嘉門も、自分を含め共に弘化三年丙午八月十四日という同日に生まれ合わせたものだが、この身分の差は嘉門の宿命的な性格とあいまって不幸な運命を辿らせることとなる。「おれは軽輩の子だ」。しかし「それが何だ。今にみろ、俺は自分の力でおしていく」のだと、「真剣な、侮蔑をうけた者の烈しい語気」で嘉門は言うのだが、たしかに幕末という時代の気運の言わせる所もあったが、しかし「嘉門の宿命的な性格」は大隅重信などの知遇を受けるかとみえつつもそこから離れ、脱藩後は運命的な流転をかさね、果ては政府の密偵となって自由党の中に入り、最後はすべてが露見し、党員の刺客の手にかかって無惨な死をとげる。「どうして、君ほどの人物が、政府の犬などになったのか」と問われ、「宿命だ。こうなるようになっているのだ」と、これが最期の言葉となる。

語り手の〈予〉は、「彼自身が自己のどうにもならない性格的な運命に敗北したことを知った。人一倍の才能がありながら、而して、彼自身も努力したであろうが、遂に誰からも一顧もせられなかった」と言い、「いや、当初はいずれも彼を認めたが、途中で離れてしまうのである。彼に欠点も落度もあるわけではない。他人に終生容れられない宿命だった」という。これが結びの言葉だが、彼に欠点も落度もない。すべては彼自身のついに他人に容れられない宿命のせいだという時、主人公の〈宿命〉なるものに注がれる語り手の眼は熱い。

これはまた『菊枕』末尾に近く、精神病院に入院したぬいが、「あなたに菊枕を作っておきました」と言って差し出したのは、しぼんだ朝顔の花がいっぱいはいった布嚢《ふくろ》だったが、これを受けとった夫の圭助は「涙が出た。狂ってはじめて自分の胸にかえったのかと思った」という。やがて、ぬいは死を迎えるが、「看護日誌を見ると、連日『独言独笑』の記入がある。彼女をよろこばすどのような幻聴があったのであろうか」という。これが結びの言葉だが、ここにも作者の〈宿命〉に注がれる眼は熱い。

しかし〈宿命〉なるものは、単にその人間の性格やふるまいからのみ生まれるものではあるまい。主人公の生み出す、その懸命の行為の果てにすべては消え去るという、予期せぬ運命の悲劇ともいうべきものがあるとすれば、それこそは人間という、この有限的存在の受けるべき最終の〈宿命〉ともいうべきものではないか。

三

『或る「小倉日記」伝』の描く所はまさにその急所であり、これを目して〈徒労の美〉と呼ぶことが出来よう。これはある席で直木賞作家の古川薫さんに『或る「小倉日記」伝』の語る魅力の核心は何かとたずねた時、即座に答えられたのが、この〈徒労の美〉という一語であった。言うまでもなくこれは小倉時代の鷗外の行跡を探し求める主人公の物語だが、その終末は、まさに〈徒労の美〉そのものにほかなるまい。しかしここには、この作品独自の抒情性をうらづけるものとして、鷗外自身の存在がある。まず題名の次にエピグラフのごとく掲げられる鷗外作品の一節がある。

（明治三十三年一月二十六日）

終日風雪。そのさま北国と同じからず。風の一堆《いったい》の暗雲を送り来る時、雪花翻り落ちて、天の一偶には却《かへ》りて日光の青空より洩れ出づるを見る。九州の雪は冬の夕立なりともいふべきにや。

（森鷗外「小倉日記」）

この引用は、すでに冒頭からこの作品一篇を流れる情調の何たるかを示し、小倉時代を自身左遷されたものと思い込んだ、失意の状態にあった鷗外の心情と微妙に呼応するものであり、加えて言えば「田上耕作は明治四十二年、熊本で生まれた」という、この生年は清張のそれと重ね合わされ、また耕作が亡くなった昭和二十五年の暮とは、清張の処女作『西郷札』が週刊朝日の懸賞小説に応募し三等となった、言わば作家清張出発の時と重ね合わされていることを思えば、ここで自身と耕作と、また耕作の中に生きる鷗外と、三者を重ね合わせた所に、作家清張の想いの深さの一端は、たしかにうかがいとれよう。

「耕作は小学校に上がったが、口は絶えずあけ放したままで、言語もはっきりとしないこの子は、誰が見ても白痴のように思えた。が、実際は級中のどの子よりもよくできた」。中学にあがっても「ズバ抜けた成績」だったという。この中学時代親しかった江南鉄雄という文学青年の友人から、鷗外の『独身』を読んでみろと言われて読み、その一節は彼に深い感動を与える。

「外はいつか雪になる。をりをり足を刻んで駈けて通る伝便の鈴の音がする」。作中の引用はこの一節に始まり、伝便が辻々に立って客の急ぎの用にこたえる走使《はしりつかえ》のことだと説明し、「伝便の講釈がつい長くなった。小倉の雪の夜に、戸の外の静かな時、その伝便の鈴の音がちりん、ちりん、ちりんと急調に聞えるのである」という所で終っているが、耕作はここで「幼時の追憶がよみがえった。でんびんやのじいさんや、女の児のことが眼の前に浮かんだ」。でんびんやの由来も、この鷗外の一文が教えてくれた。こうして鷗外に親しむようになったが、「鷗外の枯渋な文章は耕作の孤独な心に応えるものがあったのであろう」という。ここで想い出される耕作の記憶は、彼の六つくらいのころの思い出として、すでに作中語られている。

小倉の北端、博労町で、響灘の浪の音を聞きながら母と二人で暮らしている。父の残した家作に老人夫婦と幼い女の児の貧しい一家がいたが、毎朝早くから白髪頭のじいさんは柄のついた大きな鈴をもってはたらきに出た。それがでんびんやだった。耕作は床の中で、あのちりんちりんという鈴の音が「幽かな余韻を耳に残して消え」てゆくのを、「枕にじっと頭をうずめて、耳をすませて」

いつまでも聞いているのが好きだった。「響灘の浪音に混じって、表を通る鈴の音をきくのは、淡い感傷」でもあった。しかしこの老人一家はとつぜん夜逃げをして居なくなる。「もしかすると、知らぬ遠い土地で、あの鈴を鳴らしているかもしれない」と思ったりする。「この思い出」が「彼を鷗外に結ぶ機縁となる」と述べてこの二章は終り、続く三章の後半で先にふれた鷗外の一文の紹介となる。少年時代の追憶と鷗外の一文と、両者は深く呼応して、耕作の中に生き続ける。

こうして耕作がしばしば母と行を共にする鷗外資料探索の状況は進んでゆくが、時に「そんなことを調べて何になります?」という相手の言葉に、すべてが空しく見えて来る絶望にもおそれながら、彼を励ましてくれるのは母の深い言葉であった。やがて終戦を迎え、「家作の全部は売られ」「住居も人に半分は貸して、母子は裏の三畳の間に逼塞」して過ごす貧苦の生活が続く。こうしてその最後を迎えることとなるのだが、「彼の衰弱はひどく」なり、母の「ふじは日夜寝もせずに看病した」が、ある晩、あの鷗外を教えてくれた江南も来合わせていた時、耕作は枕から頭をもたげ、「何か聞き耳を立てるような格好を」する。「どうしたの?」とふじが聞き、「鈴?」ときき返すとこっくりうなずき、そのまま顔を枕にうずめるようにして、じっときいている様子であったが、「死期に臨んだ人間の混濁した脳は何の幻聴をきかせたのであろうか」。しかし「冬の夜の戸外は足音もなかった」。こうしてやがて昏睡状態となり、十時間後に息をひきとるが、それは「雪が降ったり、陽がさしたり、鷗外が〝冬の夕立〟と評した空模様の日であった」という。ここでも孤独な老人のでんびんやの音と鷗外の一文はかさなり、鷗外を教えてくれた友人の江南が来合せていたことも偶然ではあるまい。いや、作者清張がそう仕掛けたというほかはあるまい。

やがて鷗外の「小倉日記」が発見されたのは翌昭和二十六年二月のことであり、「田上耕作が、この事実を知らずに死んだのは、不幸か幸福かわからない」という。これが末尾の言葉だが、これが「不幸か幸福かわからない」とは、この不条理な人生を辿るほかはない、人間そのものの運命を語るかとみえて奥深いものがある。この『或る「小倉日記」伝』一篇を、あえて初期短篇群中の一傑作と呼ぶゆえんはすでに明らかであろう。ここには田上耕作という主人公の影に、小倉時代の鷗外を偲ぶ作者清張の想いが深くにじみ、しかも作中人物の生死の年時に自身のそれを重ねる所にも、この一作に込めた、作者の想いはまた格別のものと思われ、作品の物語的転変ならぬ、作中の底にひそむ作家心情の深さこそは、あえて初期作中、格別のものと言わせる所であろう。

ただここでひと言加えていえば、自分は歴史小説を書く手本として鷗外に関心は持ったが、「それは鷗外の思想や文学に共感したというのではなく、その文体を好個の手本と思ったから」であり、「たまたま田上耕作のことを知って小説化したが、べつに鷗外に私淑したからというわけではない」と言い、また『鷗外流に史実を克明に深々と漢語まじりに書くのが『風格のある』歴史小説ではない。史実の下に埋没している人間を発掘することが、歴史小説家の仕事であろう」とも語っている。事実清張が鷗外に私淑していたなどとは到底思えないが、であればこそ小倉時代の鷗外に向ける清張の想いにまた格別のものがみえる。事実、鷗外との縁はその初期の出世作『或る「小倉日記」伝』に始まり、最後の評伝としての『両像・森鷗外』(平6・11)に終る。この後者の中では「森鷗外は徹頭徹尾官僚人だ。官僚人たるの資格は上昇志向である」と断じ、この鷗外における〈上昇志向〉については幾度かふれている。しかしその鷗外が最後に「森林太郎墓ノ外一字モホル可ラズ」と言い、また「宮内省陸軍皆縁故アレドモ生死別ル、瞬間アラユル外形的取扱ヒヲ辞ス」とも言い残している所をみる時、この「遺言により官吏から訣別したのである」という。しかし、あえて言えば、この俗界からの一切の切断ともみえる一句にこもるものもまた、そう簡単なものではない。いま少しふれてみたい所だが、もはや紙数も残り尠く、あえてここでは省く。

四

さて、ここで初期短篇群についての論はひとまず打ち切るとして、しかしこの短篇作家清張が、後の長篇作家、また推理小説作家、さらには古代史や戦後史にまでいどむ壮大なスケールの作家として変貌してゆくきっかけは何か。彼の腹中の志を大きく動かすひとつの事件があったはずである。私はこれを初期作品の終末を飾ると言っていい中篇小説『黒地の絵』（昭33・3～4）一篇に見ると言いたい。『黒地の絵』は言うまでもなく一九五〇年六月、朝鮮戦争の勃発後、北九州小倉にあった米軍キャンプの黒人兵たちが集団脱走して、住民に多くの害を与えた現実の事件を題材としたもので、彼らによって妻を犯された労務者の男が、その生涯を破壊されて、やがて復讐に走る。これが筋書の中心となっているようだが、しかしことの核心は別の所にある。そこに注目してみたい。

この小倉の地で七月十二、十三日は祇園祭の日に当り、そこに鳴りひびく太鼓の音がキャンプに次々に投げ込まれて来た黒人兵たちを一種異常な興奮に捲き込むこととなる。戦時の推移と共に、キャンプに運ばれる黒人兵たちの数はふくれあがって来る。「不幸は、彼らが朝鮮戦線に送りこまれるために、ここをしばしの足だめにしたばかりではなかった。不運は、この部隊が黒い人間だったことであり、その寝泊まりのはじまった日が、祭の太鼓が全市に鳴っている日に一致したことであった」。黒人部隊が到着した日は七月十日で、数日後には北朝鮮共産軍と対戦するため朝鮮に送られる運命にあった。「彼らは暗い運命を予期して、絶望に戦慄していた」ことは充分想像できる。米軍は釜山の北方地区に追い込まれ、「彼らが共産軍の海の中に砂のように没入してゆく運命」の時は、あと五日と余裕はなかった。

　到着した十日の日も太鼓の音はひびき、それはあたかも「深い森の奥から打ち鳴らす未開人の祭典舞踊の太鼓」に似て、彼らの心を打ちふるわせ、彼らの「胸の深部に鬱積した絶望的な恐怖と、抑圧された衝動」とが、太鼓の音に撹拌されて、「彼らの祖先の遠い血の陶酔」を呼びさまし、「日本人の解さない、この打楽器音のもつ、皮膚をすべらずに直接に肉体の内部の血にうったえる旋律は、黒人兵たちの群れを動揺させ、しだいに浮足立たせつつあった」。こうしてついに彼らは集団脱走を果たす。数日後の彼らの生命はわからない。「退却する味方と、追ってくる敵との隙間に、彼らは投入されるのだ」。それまでの生命はあと百数十時間か、それ以上か。彼らはその意識を消そうとして、その祈りに近い想いは、太鼓の音に吸い込まれてゆく。闇の中をゆく彼らにはなんらの連絡も命令者もなく、ただ「言えそうなことは、彼らが戦争に向かう恐怖と、魔術的な祈りと、総勢二百五十人の数が統率者であったことだった」。

やがてひとりの労務者の家に飛び込んだ黒人兵たちによって、男の妻が犯される。しかしこれらの場面の描写は常套的な描写に過ぎず、注目すべきは戦犯者たちの死体が次々と運ばれて来る死体処理場面の描写である。

死体は、さまざまな形をしていた。弾丸が一個の人間をひきちぎり、腐敗が荒廃を逞《たくま》しくしていた。目も当てられぬこれらの胴体や四肢をつくろい、生きた人間のように仕立てるのが、この部屋の美しい作業だった。軍医はメスで切り開き、腐敗を助長する臓器をとり出した。台には水が流れ、きれいなせせらぎの音を立てた。せせらぎはいったん水たまりをつくり、それから小川となっている下水に流れた。臓器はその水たまりの中でもつれあって遊んだ。

四肢を合わせるのは困難で、熟練を要する作業だった。軍属の技術者が、部分品を収集し、考古学者が土器の壺を復元するように人間を創った。

死者には安らかな眠りが必要だった。平和に神に召された表情で、本国の家族と対面させることは礼儀であった。それは死者の権利だった。死者は《無》でなく、まだ存在を主張しているに違いなかった。

いささか長い引用となったが、描写はさらに精密に続く。やがて薬水が注射されると、「青白い死人の顔はやがて美しいうす赤の生色」によみがえり、「死者はしだいに生を注入され」る。もはや苦悶の跡はどこにもない。「こうして死者の化粧の工作は完成し」、彼らは豪奢な棺桶に横たえられ、その棺の値段は三百ドルという。こうして「死人はこの贅沢に満足して、軍用機に乗り、本国に帰」ってゆく。もはや付言するまでもあるまい。この一種逆説的なユーモアさえまじえて、すべてを即物的、機能的に語ってゆく、この底にひそむ作者の痛切な反戦の意識と黒人差別への痛烈な批判の介在は明白であろう。

この作品の主体はここにあり、黒人兵たちのしいられた宿命の悲劇は歴然たるものがあろう。『或る「小倉日記」伝』以後の初期作品にふれて、先の死体処理の場面の凄惨な描写にふれては、ここにあるものはまさに「『悪の華』の美」そのものではないかとは中野好夫氏のいう所だが、逆にこれを注目に価するとしながらも、「ここでは題材それ自体の衝撃的な重さを、まだ十全に処理されていない憾《うら》みがある」とは平野謙氏のいう所である。しかし平野氏は何処を見て言っているのであろう。主題の重さはストーリーの展開としての被害者の男の復讐にあるわけではあるまい。くり返しいうごとく戦争批判と黒人兵差別への強烈な、またそれ故の逆説的表現にある。

被害者の男（前野留吉）は死体処理班の労務者のひとりとして入り込み、知り合いの歯科医から「君は黒人兵の刺青に興味がありそうだね？」と問われ、「探しているんです」（傍点作者）と答える。相手の歯科医とのやりとりの中で、「白人は有色人種を軽蔑しているからね」と言われ、黒人兵の戦死体が白人の倍以上だと知り、彼らは「殺されること」を知っていたのではないかと過激な答え方をする。歯科医のあいまいな返事に対しては「押し返す様子もなく、『黒んぼもかわいそうだな。かわいそうだが――』」と呟きながら別れてゆく。

　終末、この男は軍医のナイフを盗みとって部屋の隅にしゃがみこむ。そこには「腕のない、まるみのある黒人の胴体だけが彼の前に転がって」おり、「皮膚の黒地のカンバスには赤い線が描かれている」。「彼の見つめた目には、翼をひろげた一羽の鷲が三つに切り離され、裸女の下部は斜めにさかれて幻のようにうつっていた」が、「彼の後ろにあつまってきた人間には、彼のその尋常ではない目つきがすぐにわかるはずはなかった。／留吉は後ろの騒ぎも聞こえぬげにふり返りもしなかった」。これが末尾の部分だが、ここに〈黒地の絵〉という題名はあざやかに生き、それが妻を犯した黒人たちへの復讐のわざであることも明らかだが、この終末の場面も単に復讐の怨念を果たしえたというには、なお残る微妙なものがある。〈黒地の絵〉がどのように切り裂かれようとも、なお課題は残る。

「殺されること」を覚悟して、戦地に狩り出されていくゆく黒人兵を「黒んぼもかわいそうだな」と呟く主人公の声は残る。人間のまぬがれえぬ宿命を追いつめてゆく最大の矛盾は戦争にあろう。人間を個人ならぬ、大量に極限の場へと追いつめてゆく権力の影とは何か。こうして作家清張のペンはこれら組織的な権力の批判へと向かう。後に大岡昇平は清張の作品に対し、初期作品以来、余りにも個人的な情念に偏っていることを批判しているが（「常識的文学論」最終回、昭36・12）、大岡氏自身三十五歳にして軍隊にとられ、捕虜となって還った彼は、その連作『俘虜記』の中で、

「この時私に向って来たのは敵ではなかつた。敵はほかにゐる」(「レイテの雨」)と語っている。言わんとする所はすでに明らかだが、清張の眼にこれは映っていたであろうか。逆に清張の『黒地の絵』の語る所は、大岡昇平の眼にどう映っていたか。いずれにせよ、ことし生誕百年を共に迎えるこの両者にとって、戦争をめぐる権力の介在こそはその終生をつらぬく課題であり、『黒地の絵』一篇の語る所の重さは、改めて深く汲みとるべきものがあろう。

小林慎也

清張の故郷

――『半生の記』を中心に――

松本清張は、明治四十二（一九〇九）年、北九州市小倉に生まれ、平成四（一九九二）年、八十二年の生涯を東京で終えた。今年は生誕百年にあたる。ほぼ二十世紀の大半を生きたことになる。前半の約四十年は、小倉、下関で、文学とは殆ど縁のないと思われる社会人、生活者として生き、後半の四十年（芥川賞受賞後、昭和二十八年上京）は作家として膨大な量の作品を書き続けた人生だった。現代小説、歴史小説、推理小説、評伝、ノンフィクション、古代史研究など多様多彩な作品群を残している。

ここでは、小倉時代の前半生を取り上げる。生活者としての前半生と作家としての後半生が「光と影」のように、これほど鮮やかな対照を見せる例も珍しい。小倉で過ごした時期は、印刷所や新聞社で広告の図案やデザインなどを描きながら、貧苦と苦難に耐えて働いたのだが、この期間は「仕事へのプロ意識と向上心・探求心を培い、のちに大きく飛躍する土台を築いた重要な時代」（松本清張記念館、企画展「清張の原風景」図録）であり、清張文学の源泉がここにあるのは疑いない。また、例えば、三好行雄氏が「人生の辛酸と、体験を通じて深められた社会認識と、人間認識が氏の文学を大きく開花させる糧となった」（『松本清張・人と作品』、昭和文学全集18巻）と書く通りである。

しかし、清張の小倉時代を知るための最も中心的な自伝「半生の記」を読んで行くと、気づくことがある。十年前に北九州市小倉城内に松本清張記念館が開設されてから、小倉時代の資料が次々に明らかになっているが、そこから作者が、この自伝に、ある「仮構」を施こしたように思えてくるのである。それは何か。「半生の記」、「雑草の実」などの「自伝」や私小説、エッセーを読みながら、故郷の小倉時代と作者、作品との関係を考えてみたい。

一　仮構された「自伝」

「半生の記」は、最初、昭和三十八年八月から四十年一月まで「文芸」に「回想的自叙伝」の題で連載された。このあと、かなりけずって翌年十月「半生の記」と改題して河出書房新社から出版された。文中には二度「自伝めいたもの」の言葉もある。

自伝、自叙伝とは、「自分の生い立ち、経歴などを、ありのままに自分で書いたもの」「人生の一時点に立って、過去を回想し、自分の生いたちや経歴を記録したもの」と定義される。さらに付け加えれば、多くの自叙伝は、「功成り名遂げた成功者が如何にしていまの自分を形成してきたか」

を語る傾向が強い。作家の場合ならば、前半生と作家としての後半生との連続性――、文学修業や、本や人との出会い、文学とつながる体験などを綴るのが普通である。それが、「半生の記」の場合は、むしろ後半生との連続性を避けているように見える。「仮構」という語は、編集部の注文で付けたらしい、長い「あとがき」にある。

「私は、自分のことを滅多に小説に書いていない。いわゆる私小説というのは私の体質に合わないのである。そういう素材は仮構の世界につくりかえる。そのほうが、自分の言いたいことや感情が強調されるように思える。それが小説の本道だという気がする。（略）私小説らしいものを二、三編くらいは書いている。が、結局は以上の考えを確認した結果になった。（略）執筆をすすめられた。つい、筆をとったが、連載の終わったところまで読み返してみて、やはり気に入らなかった。（略）いかに面白くなかったかが分かった。変化がないのである。」

これは、自伝を書くにしても、小説のように「仮構の世界」につくりかえて書いたが、必ずしも成功しなかった、と読むことができるのではないか。

「自分の生い立ち、経歴などを、ありのままに自分で書いた」ものとしても、そこには、書くもの（選んだ体験）と書かないもの（捨てた体験）の選択に「仮構」した部分があると思える。

二　父母の故郷

「仮構」の一つは、まず構成である。清張は、二つの「自伝」を書いている。「半生の記」と「雑草の実」(昭五一年)。後者は、読売新聞に連載したもので比較すればやや短く、『自伝抄』(昭五一年、読売新聞社)に収録されている。二つの作品には、書き出しと結びに共通点がある。前者は父峯太郎の故郷鳥取、後者は母タニの故郷広島を作者が訪ねるところから書き出し、結びはどちらも父母の死でしめくくる。そして父も母も、若いころに故郷を出てから、一度も帰らないまま亡くなったことである。

「半生の記」は第一章が「父の故郷」のタイトルで、

昭和三十六年秋、文芸春秋社の講演旅行で山陰に行った。米子に泊った朝、私は早く起きて車を傭い、父の故郷に向った。

と書き起こす。すでに著名な作家で、父は東京でいっしょに暮らしている。父の親類縁者が歓迎してくれる。

記念に何か書けといわれて、次の文句をしたためた。「父は他国に出て、一生故郷に帰ることはなかった。私は父の眼になってこの村を見て帰りたい」。(略)親戚は本家分家と入りまじっていて、誰だ誰やら私に判別がつかないが、みんな村では相当な暮しをしている。父ひとりが生まれながらに不幸であった。――(「半生の記」)

また、昭和三十年に書いた私小説「父系の指」では「父は十九の時に故郷を出てから、ついぞ帰ったことがなかった。汽車賃さえも工面できない生活のためである。それだけよけいに故郷に愛着をもち、帰郷することが父の一生抱いていた夢であった。」と書いている。

父は早く米子の松本家に養子にやられた。子どものころは故郷の矢戸村に何度か帰っているが、記憶も少ないはずである。それでも峯太郎が幼い清張に、故郷の山河の美しさを繰り返し語る場面が「父系の指」にある。

その話を聞くごとに、私は日野川の流れや、大倉山の山容や、船通山の巨大な栂の木の格好を眼の前に勝手に描いたものであった。その想像のたのしみから、同じ話を何度も聞かされても、飽きはしなかった。（「父系の指」）

ここには、父峯太郎の故郷の原風景がある。清張にとっても、幻の故郷として感じとった最初の記憶である。

もう一つの自伝「雑草の実」（昭五一）は、同じように、母タニの故郷を訪ねたところから始まる。書き出しはこうである。

昭和五十一年の三月下旬、（略）わたしは東広島市志和町の別府（べふ）というところに行った。母の生まれた在所だが、（略）母は二十年前（昭和三一年）に七十五歳で死んだ。（略）母は十七、八のときだかに志和（現東広島市）を出てから一度も故郷に帰ったことはない。（略）生まれたところを出てよその土地で生活するのを「旅」と広島地方の人は言う。ほかでも、そういうかもしれないが、生まれた在所が本拠だという気持ちからであろう。父も母も「旅」で人生を終わった。

「半生の記」は「父の故郷」から、「雑草の実」の方は、母の故郷を訪ねたところから書き始めている。清張はこうして、自らの出自と父母の「故郷喪失」を前提にして、小倉での故郷の物語を始めるのである。そして、この父母の姿は、殆ど全編を通じて登場する。つまり、養祖母を含めた「家族の自伝」を意識して構成していることになる。

しかも、「半生の記」の最後も、「雑草の実」の最後も、父と母の死で閉じられている。

父は、母から四年後（昭和三七年）に死んだ。母とはその死の間際まで仲が悪かったが、それでも母が死んでみると、寂しそうであった。（略）死ぬ半年前からその瞳は気味が悪いほどきれいな灰色になっていた。（「半生の記」）

母はこの（練馬の）家で死んだ。（略）父はこの（杉並の）家で死んだ。（略）父もまた（自分と同じように）友だちが最後まで居なかった。（「雑草の実」）

父母の、追われた「故郷」と完結した「旅」の生涯を合わせ鏡にして、自分の故郷―小倉―を写し出すのである。清張は青年期までは両親と養祖母カネ（昭和六年死亡）の四人家族で一人っ子だった。両親養祖母の愛情を一身に受けて過ごし、大人になると、家長として働き、生涯両親と同居していた。そう見れば、父母の人生が終わったところで、自伝を書き始めたのも理解できるし、父母の故郷から始まり、その死によって「旅」が終わった時点で、自伝を書いたこととも符合する。

それ以外に、外側にいる登場人物、例えば、清張は昭和十一年に結婚して三男一女がいたが、その新しい家族も、また友人知人の名前も殆ど省いている。四人家族だけにしぼって構成している。

三　清張にとっての故郷

では、松本清張にとっての故郷はどこなのか。どこから始まるのか。
「松本清張全集」の年譜には

一九〇九年（明治四十二年）十二月二十一日、福岡県小倉市（現・北九州市小倉北区）篠崎で生まれた。本名は清張（きよはる）。（略）父峯太郎は、鳥取県日野郡矢戸村（現・日南町）の長男として生まれ、幼時に米子町の松本米吉、カネ夫妻の養子になったが、一七、八のときに出奔し、広島で書生や看護雑役夫などをしていた。そこで広島県賀茂郡志和村別府（現・東広島市）の農家の娘で、紡績女工をしていた岡田タニと知り合い、結婚した。やがて二人は、日露戦争直後の炭坑景気に沸く北九州に渡ったものらしい。

とあり、また、「半生の記」には、

広島から峯太郎とタニが九州小倉に移った事情はよく分からない。当時の九州は（日露）戦争後の余波で、まだ炭鉱の景気がよかったのではないかと思う。しかし、小倉には炭鉱がなく、もともと父は労働が嫌いなほうだった。炭鉱景気に繁昌した北九州の噂を聞いて、ふらふらと関門海峡を渡ったのではないかと想像する。

とある。
父母にとっては故郷は鳥取と広島だが、清張は、小倉で生まれ、幼時の下関と兵役を含めて約四十年をここで過ごす。故郷は確かに小倉なのだが、意外なことに、「故郷」「郷里」の言葉は、父と母だけに限定して使う。「半生の記」を書いたのは、東京に移って約十年しか経っていない時期である。故郷との距離感を実感するには、まだ時間が足りなかったのか。出生地と生活の場が重なる場合は、故郷という意識はあまりなかったようだ。「あとがき」には「あまりに現在に近く、なまなましいので、もし書くとしても、あと十年ぐらい先に――」とも書いている。

清張の例は特別なものではない。当時の北九州について触れておきたい。

近代に入って、福岡県の筑豊地帯で石炭の採掘が盛んになる。新しいエネルギー源として急増し、採掘された石炭は、船や鉄道で各地に輸送される。明治三十代には、八幡に官営八幡製鉄所が開業され、鉄鋼生産が始まる。さらに、港湾施設、鉄道、関連産業も増える。石炭と鉄を両輪とする工業地帯に仕事を求めて、多くの人が九州、中国、四国一円からここへ集まった。

北九州・若松生まれの芥川賞作家火野葦平の場合は、明治三十年代、父が四国から、母が広島からやってきて、若松で石炭輸送の仕事を始めた。「放浪記」の作家林芙美子は、父が四国愛媛の出身、母は鹿児島生まれである。父は九州各地で行商をしていた。芙美子は下関か門司（二説ある）で生まれ、筑豊や長崎など各地を転々とする。

そして、松本清張の父母の場合も同じである。故郷を離れ、新しい土地で生活を始めた人々にとって、故郷とはどう意識されるのか。生まれてそこで生活する人にとっては、懐旧の思いではなく、現実なのである。

「半生の記」は、第二章「白い絵本」からは、清張が主人公になる。最初に、全体の自伝をどう書くかの基本的な構想を述べた文章を置いている。

父の峯太郎は八十九で死んだ。母のタニは七十六で死んだ。私は一人息子として生れ、この両親に自分の生涯の大半を束縛された。／もし、私に兄弟があったら私はもっと自由にできたであろう。家が貧乏でなかったら、自分の好きな道を歩けたろう。そうすると、この「自叙伝」めいたものはもっと面白くなったに違いない。しかし、少年時代には親の溺愛から、十六歳頃（就職した頃）からは家計の補助に、三十歳近くからは家庭と両親の世話で身動きできなかった。――私に面白い青春があるわけではなかった。濁った暗い半生であった。

この部分は、よく引用される文章で、「半生の記」全体も、要約すればこの通りである。昭和四十一年十月十五日に河出書房新社から単行本として出版されているが、その帯にはこうある。

金もなく、学問もなく愛すらもなく、生活に埋れた孤独な青年――巨匠松本清張が、その若き日の姿をはじめて告白した、最も人間らしい、魂と時代の記録　孤独な魂の記録　感動の自叙伝

確かに要約すれば、誰しも同じような読後感を受ける。自分の「自伝」を、「束縛された自由」と「濁った暗い半生」と「仮構」したからであろう。しかも、「あとがき」には、その半生を「私の人生は小説を書いて生活する以前の四十歳過ぎまであって、以後の十二、三年間は僅かな部分である」と、その「暗い人生」を肯定するような一節も加えている。

石川巧氏は「哀しき〈父〉と寂しき〈子〉—松本清張『半生の記』論」(「敍説III」花書院、平成一九年八月)で、こう書く。

多くの自叙伝が、いまの現在をひとつの到達点とみなし、自分が如何にしていまの自分を形成してきたかという獲得の歴史を叙述するのに対して、清張の場合は、過去を成功への軌跡として語りたくなる衝動を抑制し、自分の半生に果たして語るに値する何かがあったろうかという疑惑のまなざしを持ち続けることで、逆に自分は何を置き去りにしてきたのか、何を脱ぎ棄てようとしてきたのかを浮き彫りにするのである。

また、樫原修氏は「『半生の記』——清張(きよはる)と清張——」で、「『半生の記』を特徴づけるものは、彼が生活の中で鍛えられた結果得た、徹底した感傷性の拒絶であろう。」(「国文学解釈と鑑賞」(九五年二月)の「松本清張 作品の世界」)と述べている。

いずれも、「半生の記」を簡潔に捕らえた、みごとな分析である。清張にとっては、「生活の中で鍛えられた」苛烈な実体験こそが、読書よりも優位性を持つ「源泉」だと認識していたからであろう。

付け加えれば、いわば負の材料の選択、偏向は、「半生の記」を書く前年に「実感的人生論」(昭三七、婦人公論「人生特集」)で作者自身が書いている次の部分と照応する。「実生活では感情の中に自己が没落するのを一ばん警戒すべきではなかろうか。どのような苦しいときでも、それが何であれ、一つの矜持をもって、自分の現在位置を絶えず観照の眼で眺めることが大事であろうと思う。」

矜持（自負、プライド）と観照（主観を交えないでものごとを冷静に観察し、意味を明らかに知ること）を強調する。貧苦、差別、辛酸、逆境などに耐えながら、矜持と観照を手放さずに闘い続け、実践したことを挙げ、

私の両親はその不運から脱けることはできなかったが、（略）最低の生活の中でも十分に自分の人生に矜持を見つけていたように思われる。（略）何とかして起ち上りたいという希望は捨てなかった。そのためには感傷性を自分から洗い落とすことも必要だった。

と言う。それが、文学への夢や自由への憧れよりも、もっと有効な体験であり、教科書だったことを表明したあとで、自伝を書き始めたことになる。両親から受け継いだ「正」の遺伝子を確認していたからこそ、あえて、「負」の「暗い時代」の体験を書く「仮構」を選んだのだと言える。

四　清張が父母から受け継いだもの

では、清張が父母から受け継いだものとは何か。「半生の記」から約十年経った昭和五十年に、清張は「私の中の日本人――松本峯太郎・タニ」というエッセーを雑誌「波」に書いている。

私の中の日本人というと、やはり私には父と母とが身体の中に居る。歴史上の人物とか交友関係で尊敬する人がいないでもないが、「私の中」というとどれもズレてくる。私という人間はいいにつけ悪いにつけ両親の部分をひきついでいる。

実際にはどんな人だったか。自伝にも、エッセーにもよく取り上げてさまざまに書かれているが、この時点では、「父は、一口にいって、のん気な性分であった。明るくて、お饒舌（しゃべり）で、弱気な好人物だった。母は苦労性で、心配性で、そして強気なひとだった。私の眼は父親似だが、鼻と口は母親似である。」と紹介する。

そして、小倉時代、清張の幼時、少年時代の父母を書く。性格の違う二人はよく対立したらしい。結びは、こうある。

> 私の性格には、この父と母の姿が二つともうけつがれている。どちらのほうがより濃いか自分では分からない。両方が状況に応じて交互に出てくるような気がする。言えるのは、父も母もいかにも日本の庶民の型だったことである。

父母を「日本の庶民の型」と言い切るのは、その遺伝子が今の自分を作ったという確信があったからだろう。父母を通して自分を書くことに自信があったのだ。

五　記憶の風景

もう一つ、記憶の選択にも「仮構」があったと考えられるのは、「風景」である。朝日新聞西部版に書いたエッセー「セピア色の詩風景」（昭五五）の冒頭には「小倉での出会いとなると、わたしにとって人物よりも風景が先である。それも少年のころだ」とある。記憶に残る思い出を「風景」として把握するのは清張文学の特徴である。

郷原宏氏は「清張とその時代」（「小説推理」・平成九）で、清張の「風景描写」について精細に解剖し、その特質を「潜在光景」と「対象への過度の思い入れ」としているが、確かに「半生の記」にちりばめられた風景は詩的で美しい。壇ノ浦の夜景、小学校に巣を作った鳩の群れ、家の壁を這うナメクジ、空を覆うコウモリ、終戦の日の軍隊などなど。孤独な少年、青年の眼に映るのは、暗い「潜在光景」であり、脱色したセピア色の場面である。風景は、「感傷」「懐旧」を客体化する装置なのであろう。

エッセー「わたしの小説作法」（毎日新聞、六四年九月）に、「小説づくりの六つの要素」の一つに、「背景」を挙げ、「内外の名作といわれるものをよむと、作者がその背景を選ぶのに細心の注意を払っていることがよく分かる。小説の雰囲気をもり上げる何よりの要素であろう」と書くように、清張が「風景」という言葉に特別の意味を込めていることが分かる。「半生の記」は、作者の心象の風景を綴り合わせ、コラージュした作品でもある。「過度の思い入れ」は、清張のいう「感傷」に溺れそうな自分を制御するために、絵画的色彩的な表現にすることで、バランスを取っている。絵が好きで、デザインやポスターを描いた才能を生かして、自画像を文字で描いたのだろうか。「半生の記」を、そうした「感傷」と「観照」の入り交じった色合いで描いたことも、清張の「仮構」なのだと思う。

六　個人史と全体史

これは推論に近いが、清張は、「半生の記」とほぼ同じ時期から、代表作の一つである「昭和史発掘」に取り組んでいる。昭和前期の二、二二六事件までの激動の時代をさまざまな事件と人に託して描いたノンフィクションである。自分が生きた同時代史と個人史を平行して書いていたことになる。

松本清張記念館の館長で、元文藝春秋社で『昭和史発掘』の担当編集者だった藤井康栄氏は、著書『松本清張の残像』（文春新書・平成一四年）で、

　五十代半ばから六十代にかけて、脂ののりきった時期に全力投球して自らの同時代史と取り組んだ成果

として、清張の人生と対比しながら、

　高等小学校を終えて社会の一員として働き始めてから、結婚して新聞社の仕事をするようになるまでの期間である。情報の乏しかった川北電気の給仕時代、そして印刷所の職人時代とぴったり重なるのであった。（略）あれだけ熱意をこめて昭和前期のもろもろに立ち向かったのは、あの時期の日本を本当に知りたかったのだろう。自分が無我夢中で日に十二時間もの労働をこなして生活していた頃の日本社会の実相を詳細に解明してみたかったからだろう、と今は思っている。

と書いている。

「半生の記」という自分と家族の個人史を書きながら、一方でその時代の全体史を構想していたとすれば、時代と重なり合う部分を自分の体験から「選択」していたとも考えられる。通学路にあった陸軍の練兵場、芥川の自殺と養祖母の死、昭和三、四年の共産党員の大量検挙と留置場体験、軍隊体験などは、時代の重く暗い空気を感じさせる出来事だった。作品の暗さは時代の色と通底していたはずである。

七 文学への夢

とは言っても、読者にとっては、作家にとっての「夢」は気になる。何よりも「文学」へどう接近したのか。そのための助走は何だったのか。「雑草の実」では、読書や戦後、火野葦平、矢野朗ら北九州の作家との交友を書いているが、「半生の記」では前半生でどんな本を読み、何を蓄積したのかについては、「本を読むことは好きだった」「結局、読書の傾向は文学ものに向かった」などと書きながら、川北電気に勤めていた十代後期の多感な時代に、読んだ本のタイトル、作家を詳細に名前を挙げている以外は、殆ど具体的には触れない。ただ、注意深く読むと、巧妙に、迷彩のように「文学」への執着を感じさせる「風景」を眺めることはできる。

留置場から戻ってみると、私の本はことごとく父に焼かれてしまっていた。(略)それ以後、私が小説を読むのをことごとく禁じた。しかし、私も文学などやっていられない、早く生活を安定させなければ、一家が路頭に迷うと思った。（「見習い時代」）

ブハーリンやブレハーノフの文学理論を読んだのが二十四、五くらいのとき、（略）小説を読むのはどこまでも余暇的なものだった。（「暗い活字」）

私はしぜんと本でも読んでいるほか仕方がなかったが、給料のほとんどを両親に出しているので、高い本は買えなかった。（略）文学的な空気など、こそとも私の身辺には吹きよせてこなかった。（「暗い活字」）

戦争が激しくなるまで、私はこうした（新聞社の）勤めの中で何を考え、何を読んでいたか、さっぱり思い出せない。（「紙の塵」）

二度目の召集令は、六月の暑い日に突然やって来た。（略）私は貧しい本箱を開いて、自分の蔵書に判を押した。（略）そのころ三つになる長男が印肉壺を両手に持って私が捺印しやすいようにしていた。（同）

薬を買いに行く途中で私は古本屋をよくのぞいた。（略）そんなものを読むと社会が恋われてやりきれなくなりそうなので、店の棚に並んでいても手に取らなかった。（「朝鮮での風景」）

私はむろん小説などを書こうとは思っていなかった。兵隊の間は飯上げと、洗濯と、寝るだけであった。（「終戦前後」）

文学への接近と夢をこのように否定するかたちで描いている場面が多い。「読まない」「読まなくなった」のは前提として「読んだ」ことがあるからである。そう書くことによって、読書へのこだわり、関心を強く暗示させている。

同じように、「束縛」の対語はここでは「自由」「脱出」「旅」への希求である。福岡、大分、北九州の遺跡巡り、軍隊での外出、箒仲買いの旅などには、日常よりもたっぷりと詳しく書き込んでいる。これも、「仮構された風景」の一つである。

八　「骨壺の風景」

昭和五十四年十二月、清張が七十歳の時に、「骨壺の風景」（昭五五）を「新潮」に発表した。数少ない私小説の一編で、ほぼ自伝の一部に近い。これは、明らかに故郷への旅である。清張は、何度か私用で小倉を訪れてはいるが、はっきりした目的で「帰郷」したのは、たぶんこれが最後と思われる。清張は長年、寺に預けていた峯太郎の養母カネの位牌を五十年ぶりに引き取る。そして、かつて過ごした小倉の町と下関の町の記憶を確かめるように再訪する。「半生の記」の舞台、風景に出会う。「故郷」の文字こそないが、心境としてはしみじみと懐旧の思い出に同化している作者がいる。

昭和六年二月に亡くなった祖母カネは、幼時、少年期の清張と一緒に暮らした。血こそつながっていないが、誰よりも、清張を愛してくれた。「清（きよ）さん、わしが死んだらのう、おまえをまぶ（守）ってやるけんのう」の口癖が蘇る。ここには、「感傷的」といっていいほど、養祖母への愛と故郷への思いが綴られている。

父、母、そして養母。一人息子の清張にとってこの三人が家族だった。三人ともに故郷を追われてから、帰郷することなく世を去っている。清張は父母、養祖母の故郷喪失と自分が前半生を過ごした「故郷」の時代を追憶するように書くことによって「半生の記」「雑草の実」と続けた「自伝」を締めくくっているのである。

九　結びに

結論めいたことを言えば、清張という作家は一体何を書いたのか、書きたかったのか。非常に荒っぽい総括だが、作家にとって、あるいは人間にとって、最も大きな関心事は、自分はどんな人間なのかを知ることである。一つは、どこから来てどこへ行くのかという時間軸と、もう一つは、自分を取り巻く、社会、世界とは何かという空間軸である。清張の千編を超すと言われる膨大な作品をあえて要約すれば、自分（人間）とこの世界への根源的な問いに対する答えだったのではないか。「半生の記」では、血のつながる父母を通しての「私と父母」の物語で時間軸を見極め、小倉という地域の具体的な体験を書くことによって、「私」の現在位置から社会、世界へと空間に広げて行く。そこから未来への出発点を確認した。歴史小説、古代史、そして外国へと舞台と対象を広げて行ったのは知るとおりである。

小倉時代という「故郷」は清張の問いと旅の出発点だったと思われる。

十　付記

最後に、松本清張という作家と私の関係について書いておきたい。私は、朝日新聞に勤め、大半を西部本社の学芸部で過ごした。昭和五十六年、当時、人物シリーズという九州・山口（西部本社管内）の企画記事があり、著名な出身者の伝記や半生を紹介していた。文学の分野では、松本清張が候補に上がり、私が担当した。氏が七十歳を過ぎても、現役作家として活躍していたころである。作家になるまでの「小倉時代」に焦点をあてて、インタビューし、周辺の取材を交えて、夕刊で二十三回連載した。

取材で、いくつかの発見もあった。印象的だったのは、

私のことを人は苦労したと考えがちだが、もともといい家に生まれたわけではない。貧乏な家に生まれて教育を受けずに社会にほうり出される。こういう人はいっぱいいる。私自身そのときそのときの境遇に順応してきた。別にとくに苦労したとは思わないんです。

という発言である。

「半生の記」とは、感触の違う「観照」的な発言だった。矛盾するようにも思えるが、これが、七十歳を過ぎた作者の、「仮構」を必要としない心情であり、「矜持」なのだろう。

恐らくは、貧苦と差別と不運に直面していた小倉時代の前半生を「プラスだった」と言い切ったことも記憶している。そして、父母から、作家にとって欠かせない想像力、好奇心、向学心、努力、

勤勉さを受け継いだことを、ロマンチストの父と、リアリストの母を繰り返し、懐かしく語っていたことも強く印象に残っている。

参考資料

一、「半生の記」は、河出書房新社の昭和四十一年十月発行の単行本と新潮文庫昭和四十五年六月発行を参考にした。

一、「父系の指」などの作品、エッセーなどは、全集または単行本、文庫を使用した。

一、研究者の論文などの出典は、文中に触れた。

一、朝日新聞に昭和五十六年三月から四月まで西部版夕刊に連載した「小倉時代の松本清張」二十三回分も参考にした。

一、松本清張記念館発行の印刷物、企画展図録などを参考にした。

大衆文学における本文研究

――「時間の習俗」を例にして――

松本常彦

諸本による字句の相違を中心とした本文研究、本文の異同を通して本文解釈を行う研究は、古典の文学研究においては常道である。近代文学においても、森鷗外、樋口一葉、夏目漱石、芥川龍之介、太宰治、宮澤賢治、等々の、いわゆる広義の純文学系の作家を中心に相応になされている。その一方で、いわゆる大衆文学における本文研究は十分でなく、その落差は全集における異同の記述にも反映している。実状としては、文学史的な評価と本文研究の間には一定の相関がある。しかし、近代の大衆文学を対象とする場合でも、本文の検討は、形式的な手続きという以上に、対象作品を理解する上で最も重要で不可欠な作業である。さらに言えば、すべての大衆文学とは言わないが、大衆文学の領域には、本文研究によって実りある多くの知見や視点を提供する素材が埋蔵されている。なぜなら近代の大衆文学は、本文研究を必然とする性格や商品性をまとっているからである。

大衆文学の主柱である歴史読物とミステリーは多く長篇になりやすい。それは、新聞や雑誌などに連載された後、単行本として刊行される場合も少なくない。その担い手である作家は、しばしば売れっ子として重宝され、多くの締め切りを抱えながら執筆する。最初から訂正や変更の余地がない本文を、締め切りの都度ごとに提供するのが職業作家の建てまえとしても、実際には、連載が長くなればなるほど、種々の過誤や矛盾や締め切りに迫られての一時しのぎなどが生じやすい。そうした記述を読むのは、職業や年齢その他の点で、まちまちの読者である。彼や彼女たちは、職業的な知見や体験に応じて、小説の傷を見出すことになるだろう。それは、もちろん、いわゆる純文学系の作品においても同じである。しかし、たとえば色川武大「生家へ」と阿佐田哲也「麻雀放浪記」とを比べた場合、前者の非現実的な描写が、しばしば小説の個性として呑みこまれるのに対し、後者にイカサマでもないのに五つの紅中牌が描かれれば、ただちに小説の傷と判断されよう。読者からの具体的な指摘を待つまでもなく、自作の傷に敏感な作者ならば、連載中に軌道修正を図るか、機会を捉えて修正することになる。現実との齟齬がただちに傷と化しやすい大衆文学は、いわゆる純文学とは違う位相において、本文の異同を生じさせやすい条件を負う。

大衆文学が、多かれ少なかれ、右のような性格を持つ以上、本文の検討は、大衆文学研究にとって、その本質に由来する必須作業になるはずである。ただし、その目的は作者のあやまちや矛盾の指摘にあるのではない。本文の検討から、いまだ十分に読み込まれていない文脈を裂開し、読みの可能性を開くためである。上記の提言の実践と呼ぶには、あまりにも小さな試みに過ぎないが、松本清張「時間の習俗」を素材に、大衆文学の領域において本文研究がいかに重要であるか、その一斑を示したい。

松本清張「時間の習俗」は、日本交通公社発行の月刊誌「旅」に連載推理小説として発表された。その期間は、昭和36年5月1日発行の第35巻第5号から、翌37年11月1日発行の第36巻第11号までで十九回にわたる。連載終了と同時に『時間の習俗』（光文社、昭和37年11月20日発行）として一冊になった。全集や文庫本など、現在一般に読まれる本文は、基本的には初刊本に依拠している。初出誌の最終回と初刊本が出たのが同年同月という条件も手伝うのか、初出と初刊本の間に大幅な加筆や削除があることは意外に気づかれにくいようである。しかし、両者には、数量の点からも、内容の上からも、同じ本文として論じることを躊躇させるほどの異同がある。その異同の一覧を掲げることは、紙幅の上でできないが、たとえば「わかる」と「分る」など平仮名表記と漢字表記の違い、「判る」と「分る」などの使用漢字の違い、「分る」と「分かる」など送り仮名の違い、ルビの有無の違いなど、表記上の異同は数行ごとに全頁に及ぶ。したがって、ここでは表記や字句の異同については一切省略し、もっとも一般に流布し入手しやすいという理由で、新潮文庫（平成二十年一月二十五日五十四刷、以下、文庫本と略記）の本文を用い、その異同から惹起される問題の二、三を示すことで、先に述べた提言の一端を示すことにしたい。なお、比較の対象として『松本清張全集1』（株式会社文藝春秋、1971年4月20日第1刷）所収本文を用いても、ほぼ同じ結果になることを付言しておく。

初出との顕著な違いとして、まず章題がある。単行書は連載の回数より一つ少ない十八章に分かれ、そのすべてに章題が備わる。初出誌での連載十九回から十八章に組み直されたのは、連載の第15回の第1節の前半部を、連載第14回「名古屋のバー」第3節に吸収し、第15回の第1節末尾と第2節および第16回の3節分を合わせて4節に再編成した上で、「合同捜査へ」という一章にまとめたからである。この再編については後述する。

十八章の章題を順番に掲げると次の①~⑱のようになる。

①和布刈神事、②夜の相模湖、③彼の周辺、④（容疑者）、⑤（完全なアリバイ）、⑥（ある仮説）、⑦（筑紫俳壇）、⑧一つの発見、⑨ネガの秘密（フィルムの秘密）、⑩（調査）、⑪西の死体、⑫（A_1とA_2）、⑬（伸び）、⑭名古屋のバー、⑮（合同捜査へ）、⑯（消えた青年）、⑰（鐘崎吟行）、⑱（あやめ祭り）

右のうち、丸括弧でくくったものは、初出時には「第4回」のように回数のみが示され、章題に該当するものはなかった。第九回は「フィルムの秘密」であったものを単行本では「ネガの秘密」と改めている。つまり、初出の時点で章題が示されたのは、和布刈神事（第1回）、夜の相模湖（第2回）、彼の周辺（第3回）、一つの発見（第8回）、フィルムの秘密（第9回）、西の死体（第11回）、名古屋のバー（第14回）の七回分である。それ以外に章題がないのは失念やケヤレスミスなどの過誤ではない。かりに第4回から第7回まで何らかの過誤で章題が落ちたとしても、その同じ過誤を、プロの作家と編集者が、第10回、第12~13回、第15~19回と繰り返すことは断じてないからである。過誤の類でないとすれば、この章題のあり方については、むしろ積極的に解釈すべきであろう。初出の章題は一回ごとに付されたわけではないから、現行と同じ意味や次元での章題ではない。現行と同じように各回にタイトルがないのは、過誤による欠落ではなく、おそらく不要だったからである。その理由としては、先行する回に示されているからと考えるのが、もっとも自然な解釈ではあるまいか。すなわち、章題のない第4回から第7回までは第3回「彼の周辺」として、第10回は第9回「フィルムの秘密」として、第12~13回は第11回「西の死体」として、第15回以下は第14回「名古屋のバー」として掲載されている。そう考えるなら、初出時の章題が先のようになるのは当然である。この整理や区分は、小説の骨格を示すことにもなる。起承転結を用いてモデル化すれば、九州における出来事の提示を行う「和布刈神事」(第1回)は起の1、九州とは離れた場所での出来事を提示する「夜の相模湖」(第2回)は起の2、この二つの出来事(起の1と2)によって「完全なアリバイ」という問題が提起され、そのアリバイを持つ人物とその周辺を紹介する「彼の周辺」以下(第3~7回)が承の1、その問題解決の手がかりを得る「二つの発見」(第8回)が承の2、その手がかりを追求する「フィルムの秘密」以下(第9~10回)が承の3となる。一連の承の部分で手詰まり感を用意した上で起きる出来事が「西の死体」以下(第11~13回)の転で、この転を経て、最後の解決に進んでいくのが「名古屋のバー」以下(第14~19回)の結ということになる。もちろん、これ以外のモデルや右の整理以上に緻密なモデルを想定することは可能である。しかし、ここで注目したいのは、初出の章題のあり方が、小説全体の骨格を示唆するのではないかという一点である。実際、右のような整理や区分は、無題の回のそれぞれの内容と呼応する。やや難があると思われるのは、第14回から最終回までを「名古屋のバー」としてくる点であろう。しかし、最終回でも「鳥飼は名古屋方面を三日ばかり捜し回ったが」云々とあり、三原が自分の推理を語るのは、その名古屋から虚しく帰ったばかりの鳥飼相手なのである。また、作品末尾には「峰岡と須貝とが名古屋のどこでいつも出遇っていたか、その場所が聞けるのが愉しみだ」という鳥飼の思いが記される。つまり、小説が締めくくられる時点でも、なお「名古屋のどこ」で二人が会っていたのかは謎なのであり、「名古屋」を手がかりに解決へ向けて動き出した部分全体が、小説の結の部として「名古屋のバー」以下で構想されたと見ても大過ないように思われる。

次に、十九回から十八章への再編を問題にしよう。回数のみの表示と章題の混在は、月刊誌で読む場合には、さほど気にならないが、単行本として一冊となり、最初から最後まで通読できるようになると、やはり不自然である。現行のスタイルへの変更は、自然な対応である。しかし、単純に考えるなら、十九回の連載に応じて十九の章題を用意すればすむことである。むしろ、その方が自然な対応であろう。なぜ、わざわざ第15回のみを分断して、その前後の回に吸収したのであろうか。

それを考える上で、第15回が2節構成で5頁であるという点に注意したい。松本清張はきわめて律儀な作家であった。休載もなく最終回まで連載された「時間の習俗」は、毎回の分量も、基本的には3節構成の6頁という形式が守られる。ただし、それは毎回の執筆枚数や執筆字数が守られたということではない。6頁分の連載を守るには、土井栄による挿絵、「前号のあらすじ」、地図、図表、広告などを適宜に組み合わせる編集の努力も大きい。しかし、編集の側が6頁の誌面を空けて原稿を待つとしても、作家の側が3節構成を守る必要は少しもない。一定の分量（原稿枚数）さえ満たせば、2節や4節から成る構成であっても、何ら不都合はないはずである。ところが、実際には、第1回から第12回までは、例外なく3節構成なのである。ただし、頁数に関しては、例外的に、第3回が5頁、第12回が7頁になっている。ただそれも、第3回については6頁目に当たる部分が、国民宿舎やユースホステルなどの全頁広告になっており、それを加えると6頁となる。第3回は本文行数で369行とやや少ないものの、同じように少ない回（たとえば385行の第5回）でも、二枚の挿絵を大きく入れ、頁の一部分を広告にして6頁にしているのであるから、時間的な余裕があれば、それらと同じような対応は可能だったろう。6頁目を全頁広告にしたのは、そうした細かな割付をする余裕がなかったようにも見える。また、第12回は、通常と異なり奇数頁から始まるが、その1頁目（初出誌161頁）は、タイトルと挿絵と「前号までのあらすじ」のみから成り、本文は2頁目（162頁）から始まる。本文の分量も442行とやや多いが、直前（160頁）は沖電気の全頁広告なので、あるいは雑誌全体の編集上の都合かも知れない。しかし、いずれにせよ3節構成は守られていたのである。

ところが、第13回になって3節構成が崩れ2節構成になった上、分量も329行と他の回より少なくなっている。ちなみに各回の分量を本文行数として示せば次のようになる。なお、本文ばかりの頁であれば、一行が約26字で一段が33行から成る3段組みになるが、挿絵との兼ね合いで一行が26字分に満たない段（たとえば10字で一行になるような段）の行数も一行として扱った。また、本文中の時刻表などの図は行数に含み、地図や挿絵や「前号のあらすじ」や節番号（前後3行分）は行数から除いた。粗雑な計量である。しかしながら、各回の執筆量のおおよそは把握されよう。

第1回415行　第2回392行　第3回369行　第4回409行　第5回385行
第6回416行　第7回350行　第8回393行　第9回420行　第10回396行
第11回395行　第12回442行　第13回329行　第14回402行　第15回272行
第16回375行　第17回399行　第18回407行　第19回580行

前後の回に吸収された第15回は、本文の分量として最も少ないだけでなく、ひときわ少ない。しかし、ともかく一回分の誌面を埋めているのであるから、そのまま一章としても不自然ではない。やはり分量以外の要素についても勘案しなければなるまい。

すでに注目したように、第15回と同じく2節構成になった、というより、3節構成が崩れた第13回の分量は、第15回に次いで少ない。最終回の6節構成を除けば、この二回だけが3節構成ではない。第13回と第15回という比較的近接した二回分のみが、やや分量の少ない2節構成になったのは偶然だろうか。おそらく、そうではない。先に章題の有無に関して、起承転結のモデルを用いて説明したが、そのモデルに従えば、第13回は転の部の最後、第15回は結の部の二番目に当たり、いわば転部から結部へと展開しつつ両者を繋ぐ転轍部になる。転轍部という点に関しては、初出誌

「旅」の「編集後記」も参考になる。後記で「時間の習俗」に触れるのは二回だけで、一回目は連載の開始を報じる第1回である。もう一回が第13回で、そこには次のように記されていた。

松本清張氏が、作者にとって新しい転機にもしたいと自負されている本誌連載の「時間の習俗」もいよいよ佳境に入って参りましたが、完結後、新しい小説としてどのようなものを御希望下さるか、御意見があればお寄せ下さい。

「作者にとって新しい転機にもしたい」という「自負」が語られていること、第13回の時点で、「いよいよ佳境」となり、「完結後」の「新しい小説」の「希望」や「意見」が求められていることに注目したい。「自負」の内実は、清張小説の展開と関連づける必要があるので、具体的な検討は割愛するが、初出後に加えられたおびただしい斧斤の跡は、作者の「自負」に見合う執着を伝える。

後記は「完結」が近いことを予告する。実際の「完結」は半年後になる。この時点で、「完結」を半年後と見積もっていたのかどうか、気になるところではある。半年前に「新しい小説」の「希望」や「意見」を募るのは、やや早い印象もあるからだ。しかし、執筆依頼や作家の側の準備なども考えれば、妥当な頃合と言えなくもない。ともあれ、右の後記が書かれた翌月号から、「名古屋のバー」というタイトルで、いわゆる結の部が書き継がれることになる。後記は、解決篇である「名古屋のバー」以下に着手した作者の意向を含んでいたと推測されよう。こうした後記からも、第13回から第15回にかけては一種の転轍部であったことが確認されるのである。

第13回と第15回が分量の少ない2節構成となり、結果として、第15回が前後の回に吸収されたのは、この転轍の問題と関係する。第13回と第15回とに挟まれた第14回は、各回とも大小多くの異同がある中で、とりわけ大きな異同があった回である。ただし、それは第3節に集中している。たとえば現行の「名古屋のバー」の第3節にある次の記述は、初出誌の第14回の第3節にはない。

峰岡は土肥を大阪の〝おもしろいところ〟に連れていったという。その、おもしろいところというのは実は名古屋の〝ゲイ・バー〟だったのだ。／例の〝女〟がゲイ・バーの人間ではないかと気づいたのは、皇居前の広場で見かけた男女の服装の倒錯現象がヒントだった。（原文は斜線部／で改行、以下同じ）

引用の前半は、三原警部補の聴取に対し、土肥の妻が「主人は、いつか峰岡さんと大阪でお会いして、なんでもおもしろいところに連れていっていただいた、と言っていた」と答えたことを前提にしている。後半部も、「ゆきつけの喫茶店」を出た三原が、「二重橋」の前の芝生広場で遠目に見た男女の性別が逆だったという挿話を前提にしている。この二つの前提は、現行では、ともに「名古屋のバー」の直前の章「伸び」の第2節に記されている。「皇居前の広場」の出来事を「ヒント」に、土肥の家を訪ね、妻の発言にあった「おもしろいところ」から「ゲイ・バー」を連想し、大阪や名古屋の「ゲイ・バー」を捜査させることで事件解決の糸口が得られる。その点で、「名古屋のバー」第3節の右の引用や直前の「伸び」第2節にある前提部分は、小説全体にとっても、きわめて重要な役目を果たすはずである。しかし、右の引用のみならず、その前提となる記述も初出にはないのである。具体的には、現行の「伸び」第2節に見られる次の記述は初出誌にはなかった。

アベックも多い。／真っ白なスラックスの上に眼のさめるような深紅《しんく》のセーターを着た背の高い女の子が、黒ずくめの、ずんぐりした若い男と腕を組んで、はるか向こうから歩いてくる。赤と白と黒だから、この組合わせは人目を惹《ひ》いた。（中略）

三原は、眼の前をしゃべりながら歩く両人の顔を眺め、その声を聞いていた。／「だからサ、あたし、あの人キライなのよ。ヘンにベタベタしててサ」／「そう気にすンなよ。あの子もあれで気はいいヤツなんだぜ」／黒ずくめは女であった。深紅のセーターは、しゃがれ声の男だったのだ。後ろから見ると髪のかたちはまるきり区別のつかないショート・カット。そのかわり、黒いスラックスの腰のあたりはみごとに盛りあがっていた。近ごろの男は、女のような赤い服装をしている。

引用は省略するが、この後に続く土肥家の場面でも、土肥の妻は「おもしろいところ」などとは言っていない。

事件解決の糸口となる挿話は、現行の「伸び」から「名古屋のバー」に当たる第13回から第14回にかけて、書かれてはいなかった。しかし、女と思われていた人間が、実は男だったというトリック、および、そのトリックの判明が事件解決の糸口になるという展開自体は初出でも同じであり、小説の全体像から見ても、作者の当初からの構想であったに違いない。にもかかわらず、初出には、先に確認した部分はない。その結果、初出と現行の事件解決までの文脈には相違が生じることになる。

現行では、「皇居前の広場で見かけた男女の服装の倒錯現象がヒント」になって、土肥の妻から「おもしろいところ」という発言を引き出した三原が、その直後に二人の刑事に命じて大阪や名古屋の「ゲイ・バー」を捜査させるという文脈になっている。それに対し、初出では、「倒錯現象」の「ヒント」も「おもしろいところ」という示唆も欠いたまま、「いつか峰岡さんと大阪のどこかのバーで一しょになって、遅くまで呑んだよ、などと云ったことがありましたわ」という土肥の妻の話を受け、二人の刑事を大阪に派遣する。「ヒント」も示唆もなしに大阪出張を命じる初出では、女が実は男であったという男女のトリックを見破るのは、純粋に三原の「思索」力ということになる。「皇居前」に向かう理由を示す「思索の場所は、歩いている孤独の間がいちばんだった」という一文は、初出もほぼ同じであるが、こうした「孤独」な「思索」の力、三原の一種超人的な推理力がクローズ・アップされることになる。完全なアリバイを持つ峰岡に拘泥する三原については、「リアリスティックでない」という平野謙の批判(2)もあるが、何の「ヒント」もなしにゲイ・バー捜査を命じる初出においては、さらにその要素は強まる。

ただし、それは結果のみを見た場合のことである。結果としてはそうであっても、初出時の構想において、現行のような偶発事を想定していなかったとは限らない。むしろ、現行とは違うかたちで構想されていた可能性が高い。というのも、「皇居前」から警視庁に帰った三原が、その足で土肥の妻を訪ねるくだりに次の記述があるからである。

車の混雑している時刻なので、永福町に来るまでたっぷり一時間はかかった。駅前近くの水道道路沿いに「花柳流舞踏教授」の立看板が出ている。それが相模湖畔の被害者、土肥武夫の自宅に入る路地の目標だった。／三原は前に一度ここに来たことがある。

初出からの引用であるが、この部分については、現行でもほぼ同じである。土肥家への二度目の訪問という設定であるが、小説には、最初の訪問時の具体的な記述はない。右の引用で「土肥武夫の自宅に入る路地の目標」に「「花柳流舞踏教授」の立看板」が記されているのは、やや不自然な感じがある。そもそも、すでに土肥家を訪れているのだから、わざわざ「「花柳流舞踏教授」の立看板」という特異な「目標」を、この場面で記す必要はないように思われるからである。しかも、この「立看板」に関係する記述は、この後、最終回にいたるまで一切出てこない。具体的な記述としては一回限りの土肥家への訪問において、なぜ、こうした特異な「目標」を用意したのであろうか。端的に言えば、必要であったからである。何のために。土肥家への「目標」として、ではあるまい。初出掲載時の花柳流の家元は二代目花柳寿輔だが、この「立看板」が示唆するのは、女性的な舞踏を舞う男の姿である。花柳という姓からは、女形としても知られ、昭和三十五年に重要無形文化財保持者、昭和三十七年に芸術院会員となる新派俳優の花柳章太郎なども連想される。初出・現行ともに、前後の文脈との呼応を持たず、唐突に記されたかに見える「立看板」は、三原が男女のトリックに想到する伏線の残骸なのではないか。残骸と呼ぶのは、それが活用されなかったからばかりではない。この時点で、三原がすでに男女のトリックを発見し、興奮した足で土肥家を訪れているのであれば、「目標」である「「花柳流舞踏教授」の立看板」を見て、何の感興も催さないのは、きわめて不自然であるにもかかわらず、実際には何の反応も示さないまま、現行の文庫本などにも踏襲されているからである。もっとも、作家の側からすれば、この「立看板」を残したのは一種の遊びであり、ミステリー好きの読者のためのサービスに近いであろう。

こうして男女のトリックの発見にいたる展開ひとつを取っても、第13回から第15回にかけてのあたりで、作者が種々の転轍を試みていたことが推測される。その種の転轍において、男女のトリックの発見以上に問題になる事例が第14回から第15回にかけて見られる。結果的には、その事例における転轍が第15回を一章として成立させない要因となった。

現行の「名古屋のバー」第3節の後半に、「当時、女の逃走経路がどうしてもわからなかったが、女はすでに本来の男にかえって、悠々と逃走したのだ。」という一文に始まり、峰岡と須貝が土肥を殺害して現場から逃走し、福岡に現れるまでの経緯について推測する場面がある。文庫本では、231頁5行目から234頁15行目までの約4頁分になる。この部分も、初出にはない。正確に言えば、それに呼応する部分が、初出の第14回「名古屋のバー」第3節末尾の22行および第15回第1節にあるが、内容的にも文章表現の上でも、まったく違うのである。先に引用したように、現行では、相模湖の女は現場で衣装を着替えて、相模湖駅から「悠々と逃走した」と推理されるが、初出における三原は、「須貝新太郎は相模湖畔から女装のまま逃走した」（第14回第3節）と考えて、「須貝はどこでその女装を男装に改めたのであろうか」（第15回第1節）という点について、第15回第1節の大半を費やして推理し続けるのである。その分量は初出の行数で97行分になる。この「どこで」という問題について、現行（「名古屋のバー」第3節）では「死体の始末をしたあと、須貝は峰岡が持ってきたトランクの中の男ものと着かえ、脱いだ女ものと入れ替えて詰める。」という一文であっさりと処理している。つまり、第15回第1節の大半を占める三原の推理が、その実体を失ったわけである。先に示したように、第15回はもともと分量がひときわ少なく、全体で272行しかない。それから97行分の実体が失われるのであるから、残りは175行の1節構成となる。他の回と比較したとき、もはや一章にならないと判断されるのも当然である。以上の経緯が、連載時の19回から現行の18章に改編された理由であろう。

ところで、三原が考えあぐねた「どこでその女装を男装に改めたのであろうか」という疑問について、初出では最終回になっても回答は示されない。「東京の宿」とか「飛行機の内」とか「福岡に着いてから」といったことが、あれこれ詮議されたまま結論は示されないのである。常識的に考えれば、現行のように現場で着替えたという推測が、もっとも可能性のあるものとして最初に記されて当然であろう。ところが、初出では、その可能性については、まったく記されないのである。それは何を物語るだろうか。着替えの場所をめぐる問題に97行も費やして三原の推測が記されたのは、それが事件解決にいたる経緯において、別のトピックと深く関わる可能性があることを示唆する。結局、その可能性は実現されないまま放棄されるわけだが、消えた97行は、たんに放棄された不要な文章というより、「時間と習俗」の別の文脈を望見させる亀裂であるように思われる。

現行の「名古屋のバー」には、それ以外にも大幅な加筆部分がある。「名古屋のバー」第3節の結びの話題は「峰岡の土肥に対する殺人の動機」についてである。具体的には、文庫本235頁17行から236頁15行（末尾）にかけてであるが、この部分は、それに呼応するような要素も含めて初出にはない。まったく新たな加筆である。ただし、この加筆も初出連載終了後に新たに着想されたのではあるまい。男女のトリックの場合と同じように、結果的には新たな加筆になっているが、「峰岡の土肥に対する殺人の動機」は、作中人物の問題としてのみならず、「時間の習俗」という小説の本質的なモチーフとも関連する問題として、連載開始の以前から構想されていた可能性が高い。しかし、それについて具体的に言及する紙幅はなさそうである。

以上、「時間の習俗」の初出本文の異同から、章題および十九回から十八章への再編という二つの事例を取り上げて、そこに潜む問題を指摘した。ただし、これらが「時間の習俗」の本文異同で最も重要な事例ではない。さらに検討を要する事例は、ほとんど毎回（全章）にわたって見出される。たとえば現行では、事件の期日が「昭和三十×年二月七日」（「完全なアリバイ」）と曖昧だが、初出では「昭和三十六年二月七日」（第5回）と明白に限定されていたことなども異同としては一文字だけであるが、その異同が持つ問題は大きい。それら多くの異同がもたらす意義の解読については、他日を期すしかない(3)。

「時間の習俗」を素材にして、大衆文学における本文研究の意義について一斑を示したいという希望にどれほど応じたか、自分ながら心もとないことであるが、それでも上記のようなわずかな事例からも、その意義について察知されるのではあるまいか。

注

（1） 発行年月日の表記は当該の雑誌や書物の奥付に従う。以下同じ。

（2） 平野謙「解説」（『松本清張全集1』株式会社文藝春秋、1971年4月20日第1刷）ただし、実見したのは1994年11月30日発行の9刷版である。平野は、三原が「アリバイのない三分の一の参考人物」ではなく、「いちばん完璧なアリバイを持つ人物をマークする」ことについて、「理論的根拠」の「裏づけ」がなく、「警部補のカン」や「直感」ばかりが記されている点を指摘した上で、「リアリスティックでない」と批判している。

（3） 続稿を「敍説」Ⅲ―04（09・8発行予定）に掲載している。

付記 「時間の習俗」の初出本文の閲覧に関し、北九州市立松本清張記念館の中野吉明氏の御世話になりました。初刊本の閲覧に関し、福岡市総合図書館の田代ゆき氏の御世話になりました。記して感謝申しあげます。

小倉時代の略年譜
――松本清張のマグマ――

小林慎也

松本清張の前半生については自伝とされる「半生の記」「雑草の実」に書かれているが、作家にとって欠かせない文学への夢や助走、読書歴の全容は必ずしもはっきりしない。没後、北九州市立松本清張記念館ができてから、前半生にあたる小倉時代の新しい事実や資料が発見され、年譜についても、「松本清張全集」六十六巻所収のものを補強する部分も見つかっている。ここでは、それらを踏まえ、社会と文学にかかわる項目と取材メモなどを加えて、前半生の年譜をまとめてみた。

【松本清張　前半生の略年譜】

一九〇九年（明治四十二年）

▼十二月二十一日、福岡県企救郡板櫃村（現・北九州市小倉北区）で生まれる。本名は清張《きよはる》。父・峯太郎は鳥取県出身、幼時に、同県米子町（現・米子市）の松本家の養子になった。母・タニは広島県出身。広島で知り合い、結婚。日露戦争直後の炭坑景気に沸く北九州に渡ったらしい。一人っ子だった。▼伊藤博文がハルピンで暗殺される。▼門司—鹿児島間の鉄道が完成した。▼同じ年に生まれた作家に、太宰治、大岡昇平、埴谷雄高、中島敦らがいる。

一九一〇年（明治四十三年・一歳）

▼下関にいた父の養父母松本家を頼って、下関市旧壇ノ浦に移る。海岸沿いの街道に面した家だった。一家で餅を作って通行する人に売っていた。「家の裏に出ると、渦潮の巻く瀬戸を船が上下した。対岸の目と鼻の先には和布刈神社があった。山を背に鬱蒼とした森に囲まれ、中から神社の甍などが夕陽に光ったりした。夜になると、門司の灯が小さな珠をつないだように燦く。」（「半生の記」）。風景としては最初の記憶らしい。

一九一三年（大正二年・四歳）

▼地すべりで家が押しつぶされたため、同市田中町に移る。前には、下関重砲兵連隊があった。ここに面会に来る家族などを対象に、父母は餅を作り、売っていた。父は裁判所や、米穀取引所に出入りしていた。

一九一六年（大正五年・七歳）

▼下関市立青莪《せいが》尋常小学校に入学。養祖母カネは他家へ住み込みで働いたことがあり、よくその家に行った。▼夏目漱石没。

一九一七年（大正六年・八歳）

▼小倉市古船場町に移住し、市立天神島尋常小学校に転校（転校の時期ははっきりしない）。この小学校には、のちピアノを寄贈している。成績はよく、図画、地理、歴史、国語が好きだった。まもなく、紫川沿いの中島通りに引っ越す。このころから、貸本屋や小倉城内にあった小倉図書館によく通ったらしい。立川文庫などを読んだ。「閲覧本の出し入れの窓口には和田さんという小肥りの人が着物にセルの袴をつけて控えていた。」（エッセー「セピア色の詩風景」）

一九二二年（大正十一年・十三歳）

▼小倉市立板櫃尋常高等小学校（のちの清水小学校）高等科に入学。通学途中、練兵場で、日露

戦争従軍記「肉弾」の著者桜井忠温中佐を見かけた。▼森鷗外没。

一九二三年（大正十二年・十四歳）

▼父が小倉市紺屋町に飲食店を開業。▼九月、関東大震災。▼「文藝春秋」創刊。

一九二四年（大正十三年・十五歳）

▼板櫃尋常高等小学校高等科卒業。川北電気企業社小倉出張所に給仕として就職する。父がよく新聞を読んでいた影響で、新聞記者になりたいとも思っていた。東洋陶器や八幡製鉄所の文学好きな職工たちと知り合う。このころから、文芸書に親しむ。「感覚の新鮮な時代、暇をみつけては雑読した」「川北電気にいる三年間、私が主に読んだのは、その頃出ていた春陽堂文庫や新潮社の出版物だった。殊に芥川龍之介のものは真先に読んだ。」（「半生の記」）作家としては、菊池寛、山本有三、ポオなどの名前を挙げている。菊池寛の「啓吉」ものや「文藝春秋」も読んでいた。「菊池の『啓吉物語』と、芥川の『保吉の手帳から』は同じ私小説の系統でありながら、いわゆる自然主義作家のものよりずっとおもしろかった」（「半生の記」）

一九二六年（大正十五年、昭和元年・十七歳）

▼このころ、木村毅著「小説研究十六講」を読んで感銘を受けた。「この本を読んだあと、急に

小説を書いてみたい気になった。（略）小説というものを科学的に分析して書かれてあったように思った。」（エッセー「『小説研究十六講』を読んだころ」）▼改造社の「現代日本文学全集」刊行開始。一冊一円の円本ブームが始まる。

一九二七年（昭和二年・十八歳）
▼川北電気が不況で閉鎖になり、失職。文学仲間と交際し、短い習作を書いた。▼七月、芥川龍之介自殺。「広告を見て金を送り、龍之介の写真を取り寄せた」（「半生の記」）。▼岩波文庫刊行始まる。

一九二八年（昭和三年・十九歳）
▼母の「手に職を」という勧めで、小倉市の高崎印刷所に就職、石版印刷の見習いとして修業をする。別の印刷所に移る。父は飲食店も長く続かず、露天商などをしていた。▼第一回普通選挙。

一九二九年（昭和四年・二十歳）
▼三月、全国的な共産党員一斉検挙のあおりで、小倉警察署に検挙され、十数日間留置された。帰宅すると、父は蔵書を焼いてしまっていた。「文学などやっていられない、早く生活を安定させなければ」（「半生の記」）

一九三〇年（昭和五年・二十一歳）
▼徴兵検査を受け第二乙種補充兵。

一九三一年（昭和六年・二十二歳）
▼高崎印刷所に復帰する。かわいがってくれた養祖母カネ死去。八十三歳。「わしが死んだらのう、おまえをまぶ（守）ってやるけんのう」（「骨壷の風景」）が口癖だった。祖母のデスマスクを描く。

一九三三年（昭和八年・二十四歳）
▼画工の技術を磨くため、福岡市博多の嶋井精華堂印刷所で約半年間修業した。ここで書を指導してくれたのは、後に俳誌「万燈」を主宰した俳人江口竹亭だった。▼プロレタリア作家小林多喜二、拷問により死亡。

一九三四年（昭和九年・二十五歳）
▼小倉の高崎印刷所に戻る。▼三月、満州国帝政実施。

一九三五年（昭和十年・二十六歳）

▼文藝春秋社が芥川賞、直木賞を創設した。第一回芥川賞は、石川達三「蒼氓」、第一回直木賞は、川口松太郎「鶴八鶴次郎」。

一九三六年（昭和十一年・二十七歳）

▼佐賀県出身の内田ナヲと結婚。▼二月、二・二六事件。

一九三七年（昭和十二年・二十八歳）

▼印刷所を退職して、自営に踏み切る。秋、朝日新聞九州支社（現・西部本社）が門司から小倉に新築移転したため、面識のない支社長に手紙を出して就職を希望した。面接の結果、まず契約を結んで版下（広告原案）を描くことになる。▼七月、盧溝橋事件から、日中全面戦争となる。

一九三八年（昭和十三年・二十九歳）

▼長女誕生。▼二月、若松市（現北九州市若松区）出身の作家火野葦平が「糞尿譚」で第六回芥川賞を受賞、出征先の中国・杭州で授章式が行われた。葦平は八月、「麦と兵隊」を発表。

一九三九年（昭和十四年・三十歳）

▼朝日新聞九州支社広告部嘱託となる。

一九四〇年（昭和十五年・三十一歳）

▼朝日新聞西部本社（九州支社から昇格）広告部意匠係常勤嘱託となる。長男誕生。考古学が好きな同僚と親しくなり、近くの史跡や古い寺などを見て回った。考古学、古代史へ関心を持ち始める。

一九四一年（昭和十六年・三十二歳）

▼十二月、太平洋戦争開始。

一九四二年（昭和十七年・三十三歳）

▼次男誕生。

一九四三年（昭和十八年・三十四歳）

▼一月、朝日新聞社の正社員（広告部意匠係）となる。▼十月、教育召集（三カ月）で、久留米の第五十六師団歩兵第一四八連隊に入隊。▼中島敦死去。

一九四四年（昭和十九年・三十五歳）

▼六月、臨時召集。久留米の第八十六師団歩兵第一八七連隊に二等兵として入隊。第七八連隊補

充隊に転属。朝鮮に渡り、京城（現在のソウル）市外の龍山に駐屯する。一等兵に進級。軍医付きの衛生兵として勤務した。

一九四五年（昭和二十年・三十六歳）

▼新兵団が結成され、歩兵第二九二連隊、第四二九連隊と転属ののち、第一五〇師団軍医部付となり、全羅北道井邑（せいゆう）に移る。▼六月、上等兵に進級。▼八月、原子爆弾、広島と長崎に投下。八月十五日の敗戦は井邑で迎える。敵軍と一度も交戦しなかった。▼十月、本土送還で、帰国、山口県仙崎に着く。朝日新聞に復職する。小倉市黒原に住む。

一九四六年（昭和二十一年・三十七歳）

▼新聞社はページも広告の仕事も少なく、食料の買い出し休暇を認めていた。箒の仲買のアルバイトをする。各地の商店や問屋から注文を取るため、九州各地や、広島、大阪など山陽沿線を旅した。四八年春まで。▼三男誕生。

一九四七年（昭和二十二年・三十八歳）

▼日本国憲法施行。

一九四八年（昭和二十三年・三十九歳）

▼仕事のかたわら、社外で、図案家としても活躍。門司鉄道局主催の観光ポスターコンクールに応募したりした。社内で開かれた英会話の会にも参加した。▼六月、太宰治自殺。▼一月、帝銀事件起こる。

一九四九年（昭和二十四年・四十歳）

▼朝日新聞西部本社広告部意匠係主任となる。▼下山事件、三鷹事件、松川事件、相次いで起こる。

一九五〇年（昭和二十五年・四十一歳）

▼六月、週刊朝日が「百万人の小説」を募集。賞金総額百万円。社内の百科事典で見た項目をヒントに「西郷札」を書き、応募。一二月に発表。三等入選。賞金は十万円だった。紙面の談話に「私の処女作。（略）とにかくうれしい。今後大いに書くつもりだ」（朝日新聞西部版）▼七月、小倉市城野の米軍キャンプから黒人兵が脱走する事件が起こる。▼九月、サンフランシスコ講和条約、日米安保条約調印。

一九五一年（昭和二十六年・四十二歳）

▼三月、「西郷札」が週刊朝日の春季増刊号に掲載される。特選の深安地平「青春の旅」以外に活字になったのはこの作品だけだった。大佛次郎、木々高太郎、長谷川伸らに掲載誌を贈る。木々が編集していた「三田文学」と縁ができる。第二十六回直木賞候補にもなる。「わたしのような者にも運はくるものだ」(『西郷札』のころ」)。「富士」十二月号に「くるま宿」掲載。国鉄などが主催した全国観光ポスターで作品「天草へ」が推薦賞受賞。▼地元の作家、火野葦平、岩下俊作などを知る。

一九五二年（昭和二十七年・四十三歳）

▼木々高太郎にすすめられ、「三田文学」に「記憶」(のち「火の記憶」と改題)、「或る『小倉日記』伝」を発表。日本宣伝美術会の九州地区委員になり、自宅に小倉事務所を置く。▼十一月、小倉を訪れた鷗外の長男森於菟氏を囲む会に参加した。

一九五三年（昭和二十八年・四十四歳）

▼一月、「或る『小倉日記』伝」が最初、昭和二七年度下半期の直木賞候補になったが、同期の芥川賞選考委員会に回付され、第二十八回芥川賞を受賞した。五味康祐「喪神」と二人受賞。地元の作家、友人たちが集まり、受賞祝賀会が開かれた。また「オール読物」に投稿した「啾啾吟」が第一回オール新人杯佳作第一席となる。▼十二月、朝日新聞東京本社に転勤、広告部意匠

係主任となる。単身赴任。▼この年、「梟示抄」「菊枕」「火の記憶」など十一編を発表。

一九五四年（昭和二十九年・四十五歳）

▼七月、小倉から家族を呼び、練馬区関町に住む。以後、東京で執筆活動に入る。

一九五五年（昭和三十年・四十六歳）

▼十二月、母タニ死去。七十八歳。

一九五六年（昭和三十一年・四十七歳）

▼五月、朝日新聞社を退社。▼一月、石原慎太郎「太陽の季節」が第三十四回芥川賞受賞。

……

一九九二年（平成四年）

▼松本清張死去。八十二歳。

参考資料

「半生の記」「雑草の実」、エッセーなどの作品。

松本清張記念館の図録、出版物。
藤井康栄「松本清張の残像」ほか。

あとがき

この多彩にして充実した一巻を、松本清張生誕百年の記念の一巻として上梓できたことは何よりの喜びである。詩人独自の視点をもって鋭く描いた北川氏の『北の詩人』論に始まり、筆者固有の稠密な本文研究の一端を披瀝した松本氏の「大衆文学における本文研究」の一篇に至るまで、各論者独自のすぐれた分析と考察をもって論じられた各篇は、様々な角度から清張文学の一面を新たに照らし、さらに巻末、小林氏の書かれた清張前半生の「年譜」もまた、豊饒にして特異な清張文学の母胎ともいうべき側面を語るものとして、併せて読者の方々にも興味深い所であろう。

小林氏は現在松本清張記念館の運営委員でもあり、清張関係の資料にもくわしく、ゲストとしての執筆者への依頼をはじめ、多くの労をとられたことを心より感謝したい。最後に執筆者各位にはまた、改めて心からの感謝を表したい。

ことしは〝源氏〟と、〝清張〟と、二巻続いて出したので、来年の刊行はひとまず休むこととなるが、講座は春、秋と続き、次回の刊行はさらに充実した内容を考えているので、今後ともに、ご声援戴ければ幸いである。

平成二一年七月

佐藤泰正

執筆者プロフィール

小 林 慎 也　（こばやし・しんや）

1934 年生。梅光学院大学特任教授。著書に『森鷗外と北九州』（北九州森鷗外記念会、共著）、『小倉時代の松本清張』（朝日新聞西部本社版の連載企画）など。

松 本 常 彦　（まつもと・つねひこ）

1959 年生。九州大学教授。編著に『明治実録集』（岩波書店）、『学海余滴』（笠間書院）、『〈九州〉という思想』（花書院）など。

北川　透　（きたがわ・とおる）

1935年生。梅光学院大学特任教授。著書に『北村透谷・試論』（全三巻　冬樹社）、『萩原朔太郎〈詩の原理〉論』（筑摩書房）、『詩的レトリック入門』（思潮社）、『谷川俊太郎の世界』（思潮社）、『中原中也論集成』（思潮社）など。

倉本　昭　（くらもと・あきら）

1967年生。梅光学院大学文学部教授。「菊舎尼の和漢古典受容」（『梅光学院大学公開講座論集　俳諧から俳句へ』笠間書院）、「『経雅卿雑記』拾遺」（堀切実編『近世文学研究の新展開—俳諧と小説』ぺりかん社）ほか。

赤塚正幸　（あかつか・まさゆき）

1948年生。北九州市立大学文学部教授。「清張・初期作品における「旅」」（『松本清張研究』第三号　松本清張記念館）、「松本清張論—青春の不在」（『PRO et CONTRA』近代文学ゼミの会）等。

藤井忠俊　（ふじい・ただとし）

1931年生。現代史の会主宰。著書に『国防婦人会』（岩波新書）、『兵たちの戦争』（朝日選書）、『黒い霧は晴れたか—松本清張の歴史眼』（窓社）、『在郷軍人会』（岩波書店・近刊予定）ほか。

松《まつ》本《もと》清《せい》張《ちよう》を読《よ》む

梅光学院大学公開講座論集　第58集

2009年10月20日　初版第1刷発行

佐藤泰正

1917年生。梅光学院大学特任教授。文学博士。著書に『日本近代詩とキリスト教』（新教出版社）、『文学　その内なる神』（おうふう）、『夏目漱石論』（筑摩書房）、『中原中也という場所』（思潮社）、『佐藤泰正著作集』全13巻（翰林書房）ほか。

編者

右澤康之

装幀

株式会社　シナノ

印刷／製本

有限会社　笠間書院

〒101-0064　東京都千代田区猿楽町2-2-3

Tel 03(3295)1331　Fax 03(3294)0996

発行所

ISBN　978-4-305-60259-6　C0395　NDC分類：910.263

佐藤泰正編　笠間ライブラリー❖梅光学院大学公開講座

1
文学における笑い

古代文学と笑い■山路平四郎　今昔物語集の笑い■宮田尚　芭蕉俳諧における「笑い」■復本一郎　「猫」の笑いとその背後にあるもの■佐藤泰正　椎名文学における〈笑い〉と〈ユーモア〉■宮野光男　天上の笑いと地獄の笑い■安森敏隆　中国古典に見る笑い■白木進　シェイクスピアと笑い■後藤武士　風刺と笑い■奥山康治　現代アメリカ文学におけるユダヤ人の歪んだ笑い■今井夏彦

60214-8
品　切

2
文学における故郷

民族の魂の故郷■国分直一　古代文学における故郷■岡田喜久男　源氏物語における望郷の歌■武原弘　近代芸術における故郷■磯田光一　近代詩と〈故郷〉■佐藤泰正　文学における故郷の問題■早川雅之　〈故郷〉への想像力■武田友寿　椎名文学における〈故郷〉■宮野光男　民族の中のことば■岡野信子　英語のふるさと■田中美輝夫

60215-6
1000円

3
文学における夢

先史古代人の夢■国分直一　夢よりもはかなき■森田兼吉　幻能に見る人間の運命■池田富蔵　「今昔物語集」の夢■高橋貢　伴善男の夢■宮田尚　〈夢〉■佐藤泰正　夢と文学■饗庭孝男　寺山修司における〈地獄〉の夢■安森敏隆　夢と幻視の原点■水田巌　エズラ・パウンドの夢の歌■佐藤幸夫　キャサリン・マンスフィールドと「子供の夢」■吉津成久

50189-9
品　切

4
日本人の表現

和歌における即物的表現と即心的表現■山路平四郎　王朝物語の色彩表現■伊原昭　「罪と罰」雑感■桶谷秀昭　漱石の表現技法と英文学■矢本貞幹　芥川の「手巾」に見られる日本人の表現■向山義彦　『文章読本』管見■常岡晃　九州弁の表現法■藤原与一　英語と日本語の表現構造■村田忠男　日本人の音楽における特性■中山敦

50190-2
1000円

ISBNは頭に978-4-305を付けご利用下さい。

佐藤泰正編　笠間ライブラリー❖梅光学院大学公開講座

5 文学における宗教

旧約聖書における文学と宗教■関根正雄　キリスト教と文学の接点■大塚野百合　エミリー・ブロンテの信仰■宮川下枝　セアラの愛■宮野祥子　ヘミングウェイと聖書的人間像■樋口日出雄　ジョルジュ・ベルナース論■上総英郎　ポール・クローデルのみた日本の心■石進　『風立ちぬ』の世界■佐藤泰正　椎名麟三とキリスト教■宮野光男　塚本邦雄における〈神〉の位相■安森敏隆

50191-0
1000円

6 文学における時間

先史古代社会における時間■国分直一　古代文学における時間■岡田喜久男　漱石における時間■佐藤泰正　戦後小説の時間■利沢行夫　椎名文学における〈時間〉■宮野光男　文学における瞬間と持続■山形和美　十九世紀イギリス文学における「時間」■藤田清次　英語時制の問題点■加島康司　ヨハネ福音書における「時」■峠口新

50192-9
1000円

7 文学における自然

源氏物語の自然■武原弘　源俊頼の自然詠について■関根慶子　透谷における「自然」■平岡敏夫　漱石における〈自然〉■佐藤泰正　中国文学に於ける自然観■今浜通隆　ワーズワス・自然・パストラル■野中涼　アメリカ文学と自然■東山正芳　ヨーロッパ近代演劇と自然主義■徳永哲　イプセン作「テーリエ・ヴィーゲン」の海■中村都史子

50193-7
1000円

8 文学における風俗

倭人の風俗■国分直一　『今昔物語集』の受領たち■宮田尚　浮世草子と風俗■渡辺憲司　椎名文学における〈風俗〉■宮野光男　藤村と芥川の風俗意識に見られる近代日本文学の歩み■向山義彦　文学の「場」としての風俗■磯田光一　現代アメリカ文学における風俗■今井夏彦　風俗への挨拶■新谷敬三郎　哲学と昔話■荒木正見　ことばと風俗■村田忠男

50194-5
1000円

ISBNは頭に978-4-305を付けご利用下さい。

佐藤泰正編　笠間ライブラリー❖梅光学院大学公開講座

9
文学における空間

魏志倭人伝の方位観■国分直一　はるかな空間への憧憬と詠歌■岩崎禮太郎　漱石における空間―序説■佐藤泰正　文学空間としての北海道■小笠原克　文学における空間■矢本貞幹　ヨーロッパ近代以降の戯曲空間と「生」■徳永哲　W・B・イェイツの幻視空間■星野徹　言語における空間■岡野信子　ボルノーの空間論■森田美千代　聖書の解釈について■岡山好江

50195-3
1000円

10
方法としての詩歌

源氏物語の和歌について■武原弘　近代短歌の方法意識■前田透　方法としての近代歌集■佐佐木幸綱　宮沢賢治―その挽歌をどう読むか■佐藤泰正　詩の構造分析■関根英二　『水葬物語』論■安森敏隆　私の方法■谷川俊太郎　シェイクスピアと詩■後藤武士　方法としての詩―W・C・ウィリアムズの作品に即して■徳永暢三　日英比較詩法■樋口日出雄　北欧の四季の歌■中村都史子

50196-1
1000円

11
語りとは何か

「語り」の内面■武田勝彦　異常な語り■荒木正見　『谷の影』における素材と語り■徳永哲　ヘミングウェイと語り■樋口日出雄　『フンボルトの贈物』■今石正人　『古事記』における物語と歌謡■岡田喜久男　語りとは何か■藤井貞和　日記文学における語りの性格■森田兼吉　〈語り〉の転移■佐藤泰正

50197-×
1000円

12
ことばの諸相

ロブ・グリエ「浜辺」から■関根英二　俳句・短歌・詩における〈私〉の問題■北川透　イディオットの言語■赤祖父哲二　『源氏物語』の英訳をめぐって■井上英明　ボルノーの言語論■森田美千代　英文法■加島康司　英語変形文法入門■本橋辰至　「比較級＋than 構造」と否定副詞■福島一人　現時点でみる国内国外における日本語教育の種々相■白木進　仮名と漢字■平井秀文

50198-8
1100円

ISBNは頭に978-4-305を付けご利用下さい。

佐藤泰正編　笠間ライブラリー❖梅光学院大学公開講座

13

文学における父と子

家族をめぐる問題▍国分直一　孝と不幸との間▍宮田尚　俊成と定家▍岩崎禮太郎　浮世草子の破家者達▍渡辺憲司　明治の〈二代目たち〉の苦闘▍中野新治　ジョバンニの父とはなにか▍吉本隆明　子の世代の自己形成▍吉津成久　父を探すヤペテ＝スティーヴン▍鈴木幸夫　S・アンダスン文学における父の意義▍小園敏幸　ユダヤ人における父と子の絆▍今井夏彦

50199-6
1000円

14

文学における海

古英詩『ベオウルフ』における海▍矢田裕士　ヘンリー・アダムズと海▍樋口日出雄　海の慰め▍小川国夫　万葉人たちのうみ▍岡田喜久男　中世における海の歌▍池田富蔵　「待つ」ことのコスモロジー▍杉本春生　三島由紀夫における〈海〉▍佐藤泰正　吉行淳之介の海▍関根英二　海がことばに働くとき▍岡野信子　現象としての海▍荒木正見

50200-3
1000円

15

文学における母と子

『蜻蛉日記』における母と子の構図▍守屋省吾　女と母と▍安森敏隆　母と子▍中山和子　汚辱と神聖と▍斎藤末弘　文学のなかの母と子▍宮野光男　母の魔性と神性▍渡辺美智子　『海へ騎り行く人々』にみる母の影響▍徳永哲　ボルノーの母子論▍森田美千代　マターナル・ケア▍たなべ・ひでのり

60216-4
1000円

16

文学における身体

新約聖書における身体▍峠口新　身体論の座標▍荒木正見　G・グリーン「燃えつきた人間」の場合▍宮野祥子　身体・国土・聖別▍井上英明　身体論的な近代文学のはじまり▍亀井秀雄　近代文学における身体▍吉田凞生　漱石における身体▍佐藤泰正　竹内敏晴のからだ論▍森田美千代　短歌における身体語の位相▍安森敏隆

60217-2
1000円

ISBNは頭に978-4-305を付けご利用下さい。

佐藤泰正編　笠間ライブラリー❖梅光学院大学公開講座

17 日記と文学

『かげろうの日記』の拓いたもの▍森田兼吉　『紫式部日記』論予備考説▍武原弘　建保期の定家と明月記▍岩崎禮太郎　二世市川団十郎日記抄の周辺▍渡辺憲司　傍観者の日記・作品の中の傍観者▍中野新治　一葉日記の文芸性▍村松定孝　作家と日記▍宮野光男　日記の文学と文学の日記▍中野記偉　『自伝』にみられるフレーベルの教育思想▍吉岡正宏

60218-0
1000円

18 文学における旅

救済史の歴史を歩んだひとびと▍岡山好江　天都への旅▍山本俊樹　ホーソンの作品における旅の考察▍長岡政憲　アラン島の生活とシング▍徳永哲　海上の道と神功伝説▍国分直一　万葉集における旅▍岡田喜久男　〈旅といのち〉の文学▍岩崎禮太郎　同行二人▍白石悌三　『日本言語地図』から20年▍岡野信子

60219-9
1000円

19 事実と虚構

『遺物』における虚像と実像▍木下尚子　鹿谷事件の〈虚〉と〈実〉▍宮田尚　車内空間と近代小説▍剣持武彦　斎藤茂吉における事実と虚構▍安森敏隆　太宰治▍長篠康一郎　竹内敏晴における事実と虚構▍森田美千代　遊戯論における現実と非現実の世界▍吉岡正宏　テニスン『イン・メモリアム』考▍渡辺美智子　シャーウッド・アンダスンの文学における事実と虚構▍小園敏幸

60220-2
1000円

20 文学における子ども

子ども—「大人の父」—▍向山淳子　児童英語教育への効果的指導▍伊佐雅子　『源氏物語』のなかの子ども▍武原弘　芥川の小説と童話▍浜野卓也　近代詩のなかの子ども▍佐藤泰正　外なる子ども　内なる子ども▍いぬいとみこ　「内なる子ども」の変容をめぐって▍高橋久子　象徴としてのこども▍荒木正見　子どもと性教育▍古澤暁　自然主義的教育論における子ども観▍吉岡正宏

60221-0
1000円

ISBNは頭に978-4-305を付けご利用下さい。

佐藤泰正編　笠間ライブラリー❖梅光学院大学公開講座

21 文学における家族

平安日記文学に描かれた家族のきずな■森田兼吉　家族の発生■山田有策　塚本邦雄における〈家族〉の位相■安森敏隆　中絶論■芹沢俊介　「家族」の脱構築■吉津成久　清貧の家族■向山淳子　家庭教育の人間学的考察■広岡義之　日米の映画にみる家族■樋口日出雄

60222-9
1000円

22 文学における都市

欧米近代戯曲と都市生活■徳永哲　都市とユダヤの「隙間」■今井夏彦　ボルノーの「空間論」についての一考察■広岡義之　民俗における都市と村落■国分直一　〈都市〉と「恨の介」前後■渡辺憲司　百閒と漱石——反=三四郎の東京■西成彦　都市の中の身体　身体の中の都市■小森陽一　宮沢賢治における「東京」■中野新治　都市の生活とスポーツ■安富俊雄

60223-7
1000円

23 方法としての戯曲

『古事記』における演劇的なものについて■岡田喜久男　方法としての戯曲■松崎仁　椎名麟三戯曲「自由の彼方で」における〈神の声〉■宮野光男　方法としての戯曲■高堂要　欧米近代戯曲における「神の死」の諸相■徳永哲　戯曲とオペラ■原口すま子　島村抱月とイプセン■中村都史子　ボルノーにおける「役割からの解放」概念について■広岡義之　〈方法としての戯曲〉とは■佐藤泰正

60224-5
1000円

24 文学における風土

ホーソーンの短編とニューイングランドの風土■長岡政憲　ミシシッピー川の風土とマーク・トウェイン■向山淳子　現代欧米戯曲にみる現代的精神風土■徳永哲　神聖ローマの残影■栗田廣美　豊国と常陸国■国分直一　『今昔物語集』の〈九州〉■宮田尚　賢治童話と東北の自然■中野新治　福永武彦における「風土」■曽根博義　『日本言語地図』上に見る福岡県域の方言状況■岡野信子　スポーツの風土■安富俊雄

60225-3
1000円

ISBNは頭に978-4-305を付けご利用下さい。

佐藤泰正編　笠間ライブラリー❖梅光学院大学公開講座

25
「源氏物語」を読む

源氏物語の人間▍目加田さくを　「もののまぎれ」の内容▍今井源衛　『源氏物語』における色のモチーフ▍伊原昭　光源氏はなぜ絵日記を書いたか▍森田兼吉　弘徽殿大后試論▍田坂憲二　末期の眼▍武原弘　源氏物語をふまえた和歌▍岩崎禮太郎　光源氏の生いたちについて▍井上英明　『源氏物語』の中国語訳をめぐる諸問題▍林水福　〈読む〉ということ▍佐藤泰正

60226-1
品　切

26
文学における二十代

劇作家シングの二十歳▍徳永哲　エグサイルとしての二十代▍吉津成久　アメリカ文学と青年像▍樋口日出雄　儒者・文人をめざす平安中期の青年群像▍今浜通隆　維盛の栄光と挫折▍宮田尚　イニシエーションの街—「三四郎」▍石原千秋　「青春」という仮構▍紅野謙介　二十代をライフサイクルのなかで考える▍古澤暁　文学における明治二十年代▍佐藤泰正

60277-×
1000円

27
文体とは何か

文体まで▍月村敏行　新古今歌人の歌の凝縮的表現▍岩崎禮太郎　大田南畝の文体意識▍久保田啓一　太宰治の文体—「富嶽百景」再攷▍鶴谷憲三　表現の抽象レベル▍野中涼　語彙から見た文体▍福島一人　新聞及び雑誌英語の文体に関する一考察▍原田一男　〈海篇〉に散見される特殊な義注文体▍遠藤由里子　漱石の文体▍佐藤泰正

60228-8
品　切

28
フェミニズムあるいはフェミニズム以後

近代日本文学のなかのマリアたち▍宮野光男　「ゆき女きき書」成立考▍井上洋子　シェイクスピアとフェミニズム▍朱雀成子　フランス文学におけるフェミニズムの諸相▍常岡晃　女性の現象学▍広岡義之　フェミニスト批判に対して▍富山太佳夫　言語運用と性▍松尾文子　アメリカにおけるフェミニズムあるいはフェミニスト神学▍森田美千代　山の彼方にも世界はあるのだろうか▍中村都史子　スポーツとフェミニズム▍安富俊雄　近代文学とフェミニズム▍佐藤泰正

60229-6
1000円

ISBNは頭に978-4-305を付けご利用下さい。

佐藤泰正編　笠間ライブラリー❖梅光学院大学公開講座

29

文学における手紙

手紙に見るカントの哲学▍黒田敏夫　ブロンテ姉妹と手紙▍宮川下枝　シングの孤独とモリーへの手紙▍徳永哲　苦悩の手紙▍今井夏彦　平安女流日記文学と手紙▍森田兼吉　『今昔物語集』の手紙▍宮田尚　書簡という解放区▍金井景子　塵の世・仙境・狂気▍中島国彦　「郵便脚夫」としての賢治▍中野新治　漱石—その〈方法としての書簡〉▍佐藤泰正

60230-×
1000円

30

文学における老い

古代文学の中の「老い」▍岡田喜久男　「楢山節考」の世界▍鶴谷憲三　限界状況としての老い▍佐古純一郎　聖書における老い▍峠口新　老いゆけよ我と共に—R・ブラウニングの世界▍向山淳子　アメリカ文学と〝老い〟▍大橋健三郎　シャーウッド・アンダスンの文学におけるグロテスクと老い▍小園敏幸　ヘミングウェイと老人▍樋口日出雄　「老い」をライフサイクルのなかで考える▍古澤　暁　〈文学における老い〉とは▍佐藤泰正

60231-8
1000円

31

文学における狂気

預言と狂気のはざま▍松浦義夫　シェイクスピアにおける狂気▍朱雀成子　近代非合理主義運動の功罪▍広岡義之　G・グリーン『おとなしいアメリカ人』を読む▍宮野祥子　狂気と江戸時代演劇▍松崎仁　北村透谷—「疎狂」の人▍藪禎子　萩原朔太郎の「殺人事件」▍北川透　狂人の手記▍木股知史　森内俊雄文学のなかの〈狂気の女〉▍宮野光男　〈文学における狂気〉とは▍佐藤泰正

60232-6
1000円

32

文学における変身

言語における変身▍古川武史　源氏物語における人物像変貌の問題▍武原弘　ドラマの不在・変身▍中野新治　変身、物語の母型—漱石『こゝろ』管見—▍浅野洋　唐代伝奇に見える変身譚—▍増子和男　神の巫女—谷崎潤一郎〈サイクル〉の変身—▍清水良典　メタファーとしての変身—▍北川透　イエスの変貌と悪霊に取りつかれた子の癒し—▍森田美千代　〈文学における変身〉とは▍佐藤泰正　トウェインにおける変身、或いは入れ替わりの物語▍堤千佳子

60233-4
1000円

ISBNは頭に978-4-305を付けご利用下さい。

佐藤泰正編　笠間ライブラリー❖梅光学院大学公開講座

33

シェイクスピアを読む

多義的な〈真実〉■鶴谷憲三　『オセロー』—女たちの表象■朱雀成子　昼の闇に飛翔する〈せりふ〉■徳永哲　シェイクスピアと諺■向山淳子　ジョイスのなかのシェイクスピア■吉津成久　シェイクスピアを社会言語学的視点から読む■高路善章　シェイクスピアの贋作■大場建治　シェイクスピア劇における特殊と普遍■柴田稔彦　精神史の中のオセロウ■藤田実　漱石とシェイクスピア■佐藤泰正

60234-2
1000円

34

表現のなかの女性像

「小町変相」論■須浪敏子　〈男〉の描写から〈女〉を読む■森田兼吉　シャーウッド・アンダスンの女性観■小園敏幸　矢代静一「泉」を読む■宮野光男　和学者の妻たち■久保田啓一　文読む女・物縫う女■中村都史子　運動競技と女性のミステリー■安冨俊雄　マルコ福音書の女性たち■森田美千代　漱石の描いた女性たち■佐藤泰正

60235-0
1000円

35

文学における仮面

文体という仮面■服部康喜　変装と仮面■石割透　キリスト教におけるペルソナ（仮面）■松浦義夫　ギリシャ劇の仮面から現代劇の仮面へ■徳永哲　ボルノーにおける「希望」の教育学■広岡義之　ブラウニングにおけるギリシャ悲劇〈仮面劇〉の受容■松浦美智子　見えざる仮面■松崎仁　〈仮面〉の犯罪■北川透　〈文学における仮面〉とは■佐藤泰正　テニソンの仮面■向山淳子

60236-9
1000円

36

ドストエフスキーを読む

ドストエフスキー文学の魅力■木下豊房　光と闇の二連画■清水孝純　ロシア問題■新谷敬三郎　萩原朔太郎とドストエフスキー■北川透　ドストエフスキーにおけるキリスト理解■松浦義夫　「罪と罰」におけるニヒリズムの超克■黒田敏夫　『地下室の手記』を読む■徳永哲　太宰治における〈ドストエフスキー〉■鶴谷憲三　呟きは道化の祈り■宮野光男　ドストエフスキイと近代日本の作家■佐藤泰正

60237-7
1000円

ISBNは頭に978-4-305を付けご利用下さい。

佐藤泰正編　笠間ライブラリー❖梅光学院大学公開講座

37 文学における道化

受苦としての道化■柴田勝二　笑劇（ファルス）の季節、あるいは蛸博士の二重身■花田俊典　〈道化〉という仮面■鶴谷憲三　道化と祝祭■安冨俊雄　『源氏物語』における道化■武原弘　濫行の僧たち■宮田尚　近代劇、現代劇における道化■徳永哲　シェイクスピアの道化■朱雀成子　〈文学における道化〉とは■佐藤泰正　ブラウニングの道化役■向山淳子

60238-5
1000円

38 文学における死生観

斎藤茂吉の死生観■安森敏隆　平家物語の死生観■松尾葦江　キリスト教における死生観■松浦義夫　ケルトの死生観■吉津成久　ヨーロッパ近・現代劇における死生観■徳永哲　教育人間学が問う「死」の意味■広岡義之　「死神」談義■増子和男　宮沢賢治の生と死■中野新治　〈文学における死生観〉とは■佐藤泰正　ブライアントとブラウニング■向山淳子

60239-3
1000円

39 文学における悪

カトリック文学における悪の問題■富岡幸一郎　エミリ・ブロンテと悪■斎藤和明　電脳空間と悪■樋口日出雄　悪魔と魔女と妖精と■樋口紀子　近世演劇に見る悪の姿■松崎仁　『今昔物語集』の悪行と悪業■宮田尚　『古事記』に見る「悪」■岡田喜久男　〈文学における悪〉とは―あとがきに代えて―■佐藤泰正　ブラウニングの悪の概念■向山淳子

60240-7
1000円

40 「こころ」から「ことば」へ　「ことば」から「こころ」へ

〈道具〉扱いか〈場所〉扱いか■中右実　あいさつ対話の構造・特性とあいさつことばの意味作用■岡野信子　人間関係の距離認知とことば■高路善章　外国語学習へのヒント■吉井誠　伝言ゲームに起こる音声的な変化について■有元光彦　話法で何が伝えられるか■松尾文子　〈ケルトのこころ〉が囁く■吉津成久　文脈的多義と認知的多義■国広哲弥　〈ことばの音楽〉をめぐって■北川透　言葉の逆説性をめぐって■佐藤泰正

60241-3
1000円

ISBNは頭に978-4-305を付けご利用下さい。

佐藤泰正編　笠間ライブラリー❖梅光学院大学公開講座

41 異文化との遭遇

〈下層〉という光景■出原隆俊　横光利一とドストエフスキーをめぐって■小田桐弘子　説話でたどる仏教東漸■宮田尚　キリスト教と異文化■松浦義夫　ラフカディオ・ハーンから小泉八雲へ■吉津成久　アイルランドに渡った「能」■徳永哲　北村透谷とハムレット■北川透　国際理解と相克■堤千佳子　〈異文化との遭遇〉とは■佐藤泰正　Englishness of English Haiku and Japaneseness of Japanese Haiku■湯浅信之

60242-3
1000 円

42 癒しとしての文学

イギリス文学と癒しの主題■斎藤和明　癒しは、どこにあるか■宮川健郎　トマス・ピンチョンにみる癒し■樋口日出雄　魂の癒しとしての贖罪■松浦義夫　文学における癒し■宮野光男　読書療法をめぐる十五の質問に答えて■村中李衣　宗教と哲学における魂の癒し■黒田敏夫　ブラウニングの詩に見られる癒し■松浦美智子　『人生の親戚』を読む■鶴谷憲三　〈癒しとしての文学〉とは■佐藤泰正

60243-1
1000 円

43 文学における表層と深層

『風立ちぬ』の修辞と文体■石井和夫　遠藤周作『深い河』の主題と方法■笠井秋生　宮沢賢治における「超越」と「着地」■中野新治　福音伝承における表層と深層■松浦義夫　ジャガ芋大飢饉のアイルランド■徳永哲　V・E・フランクルにおける「実存分析」についての一考察■広岡義之　G・グリーン『キホーテ神父』を読む■宮野祥子　〈文学における表層と深層〉とは■佐藤泰正　言語構造における深層と表層■古川武史

60244-X
1000 円

44 文学における性と家族

「ウチ」と「ソト」の間で■重松恵子　〈流浪する狂女〉と〈二階の叔父さん〉■関谷由美子　庶民家庭における一家団欒の原風景■佐野茂　近世小説における「性」と「家族」■倉本昭　『聖書』における「家族」と「性」■松浦義夫　『ハムレット』を読み直す■朱雀成子　ノラの家出と家族問題■徳永哲　『ユリシーズ』における「寝取られ亭主」の心理■吉津成久　シャーウッド・アンダスンの求めた性と家族■小園敏幸　〈文学における性と家族〉とは■佐藤泰正

60245-8
1000 円

ISBNは頭に978- 4 -305を付けご利用下さい。

佐藤泰正編　笠間ライブラリー❖梅光学院大学公開講座

45　太宰治を読む

太宰治と井伏鱒二━相馬正一　太宰治と旧制弘前高等学校━鶴谷憲三　『新釈諸国噺』の裏側━宮田　尚　花なき薔薇━北川　透　『人間失格』再読━佐藤泰正　「外国人」としての主人公の位置について━村瀬　学　太宰治を読む━宮野光男　戦時下の太宰・一面━佐藤泰正

60246-6　1000 円

46　鷗外を読む

「鷗外から司馬遼太郎まで」━山崎正和　鷗外の『仮名遣意見』について━竹盛天雄　森鷗外の翻譯文學━小堀桂一郎　森鷗外における「名」と「物」━中野新治　小倉時代の森鷗外━小林慎也　多面鏡としての〈戦争詩〉━北川　透　鷗外と漱石━佐藤泰正

60247-4　1000 円

47　文学における迷宮

『新約聖書』最大の迷宮━松浦義夫　源氏物語における迷宮━武原　弘　富士の人穴信仰と黄表紙━倉本　昭　思惟と存在の迷路━黒田敏夫　「愛と生の迷宮」━松浦美智子　死の迷宮の中へ━徳永　哲　アメリカ文学に見る「迷宮」の様相━大橋健三郎　アップダイクの迷宮的世界━樋口日出雄　パラノイアック・ミステリー━中村三春　〈文学における迷宮〉とは━佐藤泰正

60248-2　1000 円

48　漱石を読む

漱石随想━古井由吉　漱石における東西の葛藤━湯浅信之　「坊っちゃん」を読む━宮野光男　漱石と朝日新聞━小林慎也　人情の復活━石井和夫　強いられた近代人━中野新治　〈迷羊〉の彷徨━北川　透　「整った頭」と「乱れた心」━田中　実　『明暗』における下位主題群の考察（その二）━石崎　等　〈漱石を読む〉とは━佐藤泰正

60249-0　1000 円

49　戦争と文学

戦争と歌人たち━篠　弘　二つの戦後━加藤典洋　フランクルの『夜と霧』を読み解く━広岡義之　〈国民詩〉という罠━北川　透　後日談としての戦争━樋口日出雄　マーキェヴィッツ伯爵夫人とイェイツの詩━徳永　哲　返忠（かえりちゅう）━宮田　尚　『新約聖書』における聖戦━松浦義夫　戦争文学としての『趣味の遺伝』━佐藤泰正

60250-4　1000 円

ISBN は頭に978- 4 -305を付けご利用下さい。

佐藤泰正編　笠間ライブラリー❖梅光学院大学公開講座

50 宮沢賢治を読む

詩人、詩篇、そしてデモン▍天沢退二郎　イーハトーヴの光と風▍松田司郎　宮沢賢治における「芸術」と「実行」▍中野新治　賢治童話の文体-その問いかけるもの▍佐藤泰正　宮沢賢治と中原中也▍北川透　宮沢賢治のドラゴンボール▍秋枝美保　「幽霊の複合体」をめぐって▍原子朗　「銀河鉄道の夜」▍山根知子　「風の又三郎」異聞▍宮野光男

60251-2
1000 円

51 芥川龍之介を読む

海老井英次▍「羅生門」の読み難さ　宮坂覺▍「杜子春」論　関口安義▍「玄鶴山房」を読む　中野新治▍「蜘蛛の糸」あるいは「温室」という装置　北川透▍文明開化の花火　宮野光男▍芥川龍之介「南京の基督」を読む　宮田尚▍芥川龍之介と『今昔物語集』との出会い　向山義彦▍日本英文学の「独立宣言」と、漱石-芥川の伝統路線に見える近代日本文学の運命　松本常彦▍芥川龍之介と弱者の問題　佐藤泰正▍芥川―その〈最終章〉の問いかけるもの

60252-0
1000 円

52 遠藤周作を読む

木崎さと子▍神学と小説の間　遠藤順子▍夫・遠藤周作と過ごした日々　加藤宗哉▍おどけと哀しみと―人生の天秤棒　山根道公▍遠藤周作と井上洋治　高橋千劔破▍遠藤周作における心の故郷と歴史小説　笠井秋生▍「わたしが・棄てた・女」について　小林慎也▍虚構と事実の間　宮野光男▍遠藤周作「深い河」を読む　佐藤泰正▍遠藤文学の受けついだもの

60253-9
1000 円

53 俳諧から俳句へ

俳諧から俳句へ▍坪内稔典　マンガ『奥の細道』▍堀切実　戦後俳句の十数年▍阿部誠文　インターネットで連歌を試みて▍湯浅信之　花鳥風月と俳句▍小林慎也　菊舎尼の和漢古典受容▍倉本昭　鶏頭の句の分からなさ▍北川透　芭蕉・蕪村と近代文学▍佐藤泰正

60254-7
1000 円

54 中原中也を読む

『全集』という生きもの▍佐々木幹郎　中原中也とランボー▍宇佐美斉　山口と中也▍福田百合子　亡き人との対話―宮沢賢治と中原中也―▍中原豊　《「無」の軌道》を内包する文学―中原中也と太宰治の出会い―▍北川透　中原中也　あるいは　魂の労働者▍中野新治　ゆらゆれる「ゆあーん　ゆよーん」―中原中也「サーカス」の改稿と行の字下げをめぐって―▍加藤邦彦　中原中也をどう読むか―その〈宗教性〉の意味を問いつつ―▍佐藤泰正

60255-5
1000 円

ISBNは頭に978- 4 -305を付けご利用下さい。

佐藤泰正編　笠間ライブラリー❖梅光学院大学公開講座

55 戦後文学を読む

敗戦文学論　**桶谷秀昭**　戦争体験の共有は可能か—浮遊する〈魂〉と彷徨する〈けもの〉について—　**栗坪良樹**　危機ののりこえ方—大江健三郎の文学—　**松原新一**　マリアを書く作家たち—椎名麟三「マグダラのマリア」に言い及ぶ—　**宮野光男**　松本清張の書いた戦後—『点と線』『日本の黒い霧』など—　**小林慎也**　三島由紀夫『春の雪』を読む　**北川透**　現代に〈教養小説〉は可能か—村上春樹『海辺のカフカ』を読む—　**中野新治**　戦後文学の問いかけるもの—漱石と大岡昇平をめぐって—　**佐藤泰正**

60256-5
1000 円

56 文学海を渡る

ことばの海を越えて—シェイクスピア・カンパニーの出帆—　**下館和巳**　想像力の往還—カフカ・公房・春樹という惑星群—　**清水孝純**　ケルトの風になって—精霊の宿る島愛蘭と日本の交流—　**吉津成久**　パロディー、その喜劇への変換—太宰治『新ハムレット』考—　**北川透**　黒澤明の『乱』—『リア王』の変容—　**朱雀成子**　赤毛のアンの語りかけるもの　**堤千佳子**　「のっぺらぼう」考—その「正体」を中心として—　**増子和男**　近代日本文学とドストエフスキイ—透谷・漱石・小林秀雄を中心に—　**佐藤泰正**

60257-2
1000 円

57 源氏物語の愉しみ

「いとほし」をめぐって—源氏物語は原文の味読によるべきこと—　**秋山虔**　源氏物語の主題と構想　**目加田さくを**　『源氏物語』と色—その一端—　**伊原昭**　桐壺院の年齢—与謝野晶子の「二十歳」「三十歳」説をめぐって—　**田坂憲二**　第二部の紫の上の生と死—贖罪論の視座から—　**武原弘**　『源氏物語』の表現技法—用語の選択と避選択・敬語の使用と避使用—　**関一雄**　『源氏』はどう受け継がれたか—禁忌の恋の読まれ方と『源氏』以後の男主人公像—　**安道百合子**　江戸時代人が見た『源氏』の女人—末摘花をめぐって—　**倉本昭**　源氏物語雑感　**佐藤泰正**

60258-9
1000 円

ISBN は頭に978- 4 -305を付けご利用下さい。